CLASSIQUES LAROUSSE

Collection fondée en 1933 par FÉLIX GUIRAND
continuée par
LÉON LEJEALLE (1949 à 1968) et JEAN-POL CAPUT (1969 à 1972)
Agrégés des Lettres

FRANÇOIS MAURIAC

LE MYSTÈRE FRONTENAC

extraits

avec une Notice biographique, une Notice historique et littéraire,
des Notes explicatives, une Documentation thématique,
des Jugements, un Questionnaire et des Sujets de devoirs,

par

GEORGES LERMINIER
Diplômé d'études supérieures
Inspecteur général des spectacles

LIBRAIRIE LAROUSSE
17, rue du Montparnasse, 75298 PARIS

FRANÇOIS MAURIAC ET SON TEMPS

	la vie et l'œuvre de François Mauriac	le mouvement intellectuel et artistique	les événements politiques
1885	Naissance de François Mauriac à Bordeaux (11 octobre).	Mort de V. Hugo. E. Zola : *Germinal*. Pasteur découvre la vaccination antivariolique.	Chute de J. Ferry après l'évacuation de Lang-son; Elections générales : recul des républicains.
1909	*Les Mains jointes*, poèmes.	A. Gide : *la Porte étroite*. M. Maeterlinck : *l'Oiseau bleu*. Première année de la N. R. F. A. Bourdelle : *Héraclès archer*.	Grève des postiers en France. Ministère Briand. Béatification de Jeanne d'Arc.
1913	*L'Enfant chargé de chaînes*, premier roman.	M. Barrès : *la Colline inspirée*. M. Proust : *Du côté de chez Swann*. G. Apollinaire : *Alcools*. Ch. Péguy : *la Tapisserie de Notre-Dame*. *Eve*.	Election de R. Poincaré à la présidence de la République. Vote de la loi sur le service militaire de trois ans. Guerres balkaniques.
1914	*La Robe prétexte*.	P. Bourget : *le Démon de midi*.	Début de la Première Guerre mondiale.
1922	*Le Baiser au lépreux*.	J. Giraudoux : *Siegfried et le Limousin*. Colette : *le Voyage égoïste*. H. de Montherlant : *le Songe*. P. Valéry : *Charmes*. Mort de Marcel Proust.	Ministère R. Poincaré. Prise du pouvoir par Mussolini en Italie. Mustapha Kemal chef de l'Etat turc.
1923	*Genitrix*.	A. Maurois : *Ariel ou la Vie de Shelley*. L. de Broglie pose les principes de la mécanique ondulatoire.	Occupation de la Ruhr par les troupes françaises. Coup d'Etat de Primo de Rivera en Espagne.
1927	*Thérèse Desqueyroux*.	J. Giraudoux : *Jérôme Bardini*. J. Cocteau : *Orphée*. A. Maurois : *Vie de Disraëli*.	Second ministère Poincaré : évacuation de la Rhénanie. Trotsky éliminé par Staline en U. R. S. S.
1928	*Le Roman*. *La Vie de Jean Racine*.	A. Malraux : *les Conquérants*. A. de Saint-Exupéry : *Courrier Sud*.	Loi sur les assurances sociales en France. Mobilisation du franc.
1931	*Souffrances et bonheur du chrétien*.	G. Bernanos : *la Grande Peur des bien-pensants*. Saint-Exupéry : *Vol de nuit*.	Chute de la royauté en Espagne : naissance de la république espagnole.
1932	*Le Nœud de vipères*.	J. Romains : *les Hommes de bonne volonté* (1er vol.).	Mort d'A. Briand. Roosevelt, président des Etats-Unis.

1933	*Le Mystère Frontenac. Le Romancier et ses personnages.*	G. Duhamel : *Chronique des Pasquier* (1er vol.). A. Malraux : *la Condition humaine.*	Affaire Stavisky. Hitler chancelier du Reich.
1935	*La Fin de la nuit.*	J. Giraudoux : *La guerre de Troie n'aura pas lieu.*	Plébiscite de la Sarre favorable au rattachement à l'Allemagne.
1937	*Asmodée*, première pièce de théâtre.	A. Malraux : *l'Espoir.* J. Anouilh : *le Voyageur sans bagage.* J. Giraudoux : *Electre.* J. Renoir : *la Grande Illusion.*	Exposition internationale de Paris. Début de la guerre sino-japonaise. Guerre civile en Espagne.
1943	*Le Cahier noir* (sous le pseudonyme de Forez).	J.-P. Sartre : *l'Etre et le Néant, les Mouches.* J. Anouilh : *Antigone.*	Désastre allemand à Stalingrad. Chute de Mussolini.
1945	*Les Mal-Aimés* (Comédie-Française).		Fin de la Seconde Guerre mondiale.
1948	*Passage du Malin* (théâtre de la Madeleine).	J.-P. Sartre : *les Mains sales.* H. de Montherlant : *Malatesta.*	Adoption du plan Marshall. Scission progressive du monde en deux blocs.
1952	Prix Nobel de littérature. *Galigaï.*	Mort de P. Eluard.	Mort du roi George VI. Eisenhower élu président des Etats-Unis.
1958	*Bloc-Notes.*	L. Aragon : *la Semaine sainte.* Mort de R. Martin du Gard, de Rouault et de Vlaminck.	Fin de la IVe République (13 mai). Satellites russes et américains dans l'espace.
1959	*Mémoires intérieurs.*	J. Anouilh : *Becket ou l'Honneur de Dieu.* J.-P. Sartre : *les Séquestrés d'Altona.*	Charles de Gaulle est élu président de la République.
1962	*Ce que je crois*, ouvrage autobiographique.	Ionesco : *le Roi se meurt*, au théâtre de l'Alliance Française. Lévi-Strauss : *la Pensée sauvage. West Side Story*, film de R. Wise.	Indépendance de l'Algérie.
1964	*De Gaulle*, ouvrage biographique.	Début de la publication des œuvres d'Elsa Triolet et d'Aragon : *le Voyage de Hollande, Il ne m'est Paris que d'Elsa* (poèmes). Sartre : *les Mots.* Robbe-Grillet : *Pour un nouveau roman.*	Chute de Khrouchtchev. Première bombe atomique chinoise. Election de Johnson, président des Etats-Unis.
1967	*Mémoires politiques.*	Aragon : *Blanche ou l'Oubli* (roman).	Conflit entre les pays arabes et Israël.
1970	Mort de François Mauriac.		Mort du général de Gaulle.

RÉSUMÉ CHRONOLOGIQUE DE LA VIE DE FRANÇOIS MAURIAC

1885 (11 octobre) — Naissance à Bordeaux de François Mauriac.
1886 — Mort de son père. « Je ne me suis jamais accoutumé au malheur de n'avoir pas connu mon père. » *(Commencements d'une vie.)*
1885-1905 — Enfance et jeunesse à Bordeaux. Etudes chez les marianites de Grand-Lebrun, à Caudéran, puis au lycée et à la faculté des lettres de Bordeaux. Amitié avec André Lafon et Jean de La Ville de Mirmont, tués pendant la Première Guerre mondiale.
1906 — Préparation de l'Ecole des Chartes à Paris; y est admis, mais démissionne.
1909 — *Les Mains jointes,* poèmes.
1910 (21 mars) — Article de Maurice Barrès dans *l'Echo de Paris* louant *les Mains jointes :* « Un livre si frêle fixe la minute éphémère d'une solitude éternelle. »
1913 — Il épouse Jeanne Lafon. *L'Enfant chargé de chaînes.*
1914 — Mobilisé. Infirmier à l'armée d'Orient. *La Robe prétexte.*
1920 — *Petits Essais de psychologie religieuse.*
1922 — *Le Baiser au lépreux.*
1923 — *Genitrix.*
1924 — *Le Désert de l'amour.* Grand Prix du roman de l'Académie française.
1926 — *La Rencontre avec Pascal. Le Tourment de Jacques Rivière.*
1927 — *Thérèse Desqueyroux.*
1928 — *Le Roman. La Vie de Jean Racine.*
1931 — *Souffrances et bonheur du chrétien.*
1932 — Président de la Société des gens de lettres. *Le Nœud de vipères.*
1933 — *Le Mystère Frontenac.* Opération des cordes vocales. Election à l'Académie française. *Le Romancier et ses personnages.*
1934 — *Journal* (I).
1935 — *La Fin de la nuit.*
1936 — *La Vie de Jésus.*
1937 (22 novembre) — Première représentation d'*Asmodée*, à la Comédie-Française (administrateur Edouard Bourdet), avec Fernand Ledoux dans le rôle de M. Couture. Mise en scène de Jacques Copeau. *Journal* (II).
1939 — *Les Chemins de la mer.*
1940 — *Journal* (III).
1941 — *La Pharisienne.*
1943 — *Le Cahier noir* (sous le pseudonyme de Forez).
1945 — *Les Mal-Aimés* (Comédie-Française).
1947 — *Du côté de chez Proust.*
1948 — *Passage du Malin* (théâtre de la Madeleine).
1950 — *Journal* (IV).
1951 — *Le Sagouin,* roman. *Le Feu sur la terre* (théâtre Hébertot).
1952 — Prix Nobel de littérature. *Galigaï.*
1954 — *L'Agneau.*
1955 — *Le Pain vivant* (scénario de film).
1958 — *Bloc-Notes* (recueil des premières chroniques publiées dans *l'Express*).
1959 — *Mémoires intérieurs.*
1962 — *Ce que je crois,* ouvrage autobiographique.
1964 — *De Gaulle,* ouvrage biographique.
1967 — *Mémoires politiques.*
1970 — Mort de François Mauriac.

F. Mauriac est né trente-trois ans après P. Bourget, vingt-trois ans après M. Barrès, dix-sept ans après P. Claudel, seize ans après A. Gide, quatorze ans après M. Proust, douze ans après Colette et Péguy, trois ans après J. Giraudoux, un an après G. Duhamel; il est le contemporain d'A. Maurois et de Jules Romains. Il est né trois ans avant G. Bernanos et Marcel Jouhandeau, quatre ans avant J. Cocteau, onze ans avant H. de Montherlant, quinze ans avant Julien Green, seize ans avant A. Malraux, vingt ans avant J.-P. Sartre, vingt-huit ans avant A. Camus.

ISBN 2-03-870092-3

FRANÇOIS MAURIAC

« La plus heureuse fortune qui puisse échoir à un homme fait pour écrire des romans, c'est d'être né en province, d'une lignée provinciale. Même après des années de vie à Paris, d'amitiés, d'amours, de voyages, alors qu'il ne doute pas d'avoir accumulé assez d'expérience humaine pour alimenter mille histoires, il s'étonne de ce que ses héros surgissent toujours de plus loin que cette vie tumultueuse, qu'ils se forment au plus obscur de ses années vécues loin de Paris et qu'ils tirent toute leur richesse de tant de pauvreté et de dénuement[1]. »

L'inventaire de cette réserve, dont toute l'œuvre de François Mauriac semble tirer subsistance, n'en épuise pas pourtant la signification. En décernant à François Mauriac son prix Nobel de littérature, l'Académie royale de Stockholm couronnait, selon ses propres termes, un analyste pénétrant de l'âme. Elle consacrait ainsi l'universalité d'un écrivain que l'on s'est plu souvent à enfermer dans les limites de sa province, de sa famille et de sa religion. De ces contraintes, Mauriac n'a jamais caché qu'il souffrait, mais il reconnaît, en même temps, qu'il leur doit d'être lui-même. Tout son art en porte les stigmates. Le journaliste, non plus que le romancier, n'est étranger à ces partages qui font de cet écrivain un témoin inquiet et exigeant de son temps. Benjamin Crémieux définissait excellemment cette contradiction, qui est de l'homme autant que de l'artiste, en affirmant que Mauriac a horreur de la contrainte et peur de la liberté. C'est ce paradoxe qui donne à son œuvre son relief original. Cette alternance fait vibrer jusqu'à sa phrase même. Elle en est la respiration angoissée.

Tout semble d'abord particulariser à l'extrême ce provincial : le milieu provincial, l'éducation bourgeoise, la formation religieuse, la communion profonde avec un terroir caractéristique. Autant d'influences tyranniques, éprouvées comme telles, mais avec lesquelles il prend ses distances, moins pour les réduire que pour s'en accommoder. Il n'est pas dans sa pente naturelle de récuser, de feindre. Il aime se brûler l'âme à la flamme qui le sollicite. D'où un engagement de tout l'être dans l'exercice de son métier d'écrivain. D'où, aussi, sa répugnance à dissocier, dans cet exercice, les tâches purement artistiques des tâches morales, voire politiques.

Chrétien, il sait qu'on ne se débarrasse pas aisément de soi. Comme l'âme est liée au corps, nous sommes crucifiés sur nous-mêmes. Contrairement aux affirmations de certaines philosophies

1. F. Mauriac, *la Province*.

contemporaines, il tient que nous ne pouvons nous refuser tels que la naissance, l'éducation et le milieu social nous ont modelés. Nous tirons notre force de ces contraintes, qui font notre faiblesse, mais qui peuvent aussi servir de points d'appui à notre liberté. C'est en acceptant d'être girondin, bourgeois et catholique que Mauriac est lui-même.

Est-ce à dire qu'il n'ait pas souffert de ces limitations ? On sait qu'il n'a pas toujours été tendre pour cette bourgeoisie bordelaise, dont il est issu. On sait qu'il a mis quelque temps à découvrir qu'il n'y avait pas uniquement souffrance à être né chrétien et qu'il pouvait y avoir bonheur à croire en un Dieu crucifié, à se soumettre à une morale stricte teintée de jansénisme, et à obéir au magistère ecclésiastique. *Le Mystère Frontenac* est contemporain de cette découverte. Un Péguy ou un Georges Bernanos ont pu paraître plus libres à l'intérieur même de leur foi, moins enchaînés à telle classe sociale. Il n'en reste pas moins que Mauriac est de leur race et qu'une profonde connivence l'unit au poète d'*Ève* et au polémiste des *Cahiers*, comme au romancier de *Sous le soleil de Satan* et au pamphlétaire de *la Grande Peur des bien-pensants.*

Romancier, on conçoit que François Mauriac ne s'absente jamais de ses romans. Qualifier son art de lyrique, reprocher à sa psychologie de ne pas rompre avec la métaphysique, ce n'est pas porter condamnation, mais définir exactement le sens de sa recherche. L'accuser de tenir toujours en lisière ses personnages, de ne pas leur laisser l'initiative, de brider leur propre liberté, c'est nier l'originalité même de sa technique et de sa conception de l'homme. Ne projette-t-il pas dans son art sa propre expérience intérieure ? A l'école de Pascal, il a appris que l'homme est contradiction et qu'il tire sa grandeur de se connaître faible et misérable. D'où vient que Mauriac, romancier, ne cherche pas à édifier, ce qui serait se mentir à soi-même et tricher avec l'homme. D'où vient aussi que son univers, loin de se refermer sur lui-même, s'ouvre toujours, si secrète que soit parfois cette ouverture, sur une possibilité de salut, ce salut que ses personnages espèrent trouver, de chute en chute, dans la possession d'un amour qui ne passe pas.

BIBLIOGRAPHIE

ROMANS ET RÉCITS

L'Enfant chargé de chaînes (Paris, Grasset, 1913).
La Robe prétexte (Paris, Grasset, 1914).
La Chair et le Sang (Paris, Émile-Paul, 1920).
Préséances (Paris, Émile-Paul, 1921).
Le Baiser au lépreux (Paris, Grasset, 1922).
Le Fleuve de feu (Paris, Grasset, 1923).
Genitrix (Paris, Grasset, 1923).
Le Mal (Paris, Grasset, 1924).
Le Désert de l'amour (Paris, Grasset, 1924).
Fabien (Paris, Au Sans-Pareil, 1926).
Thérèse Desqueyroux (Paris, Grasset, 1927).
Destins (Paris, Grasset, 1928).
La Nuit du bourreau de soi-même (Paris, Flammarion, 1929).
Trois Récits (Coups de couteau, le Démon de la connaissance, Un homme de lettres) [Paris, Grasset, 1929].
Ce qui était perdu (Paris, Grasset, 1930).
Le Nœud de vipères (Paris, Grasset, 1932).
Le Mystère Frontenac (Paris, Grasset, 1933).
Le Drôle (Paris, Hartmann, 1933).
La Fin de la nuit (Paris, Grasset, 1935).
Les Anges noirs (Paris, Grasset, 1936).
Plongées (Paris, Grasset, 1938).
Les Chemins de la mer (Paris, Grasset, 1939).
La Pharisienne (Paris, Grasset, 1941).
Le Sagouin (Paris, Plon, 1951).
Galigaï (Paris, Flammarion, 1952).
L'Agneau (Paris, Flammarion, 1954).

POÉSIE

Les Mains jointes (Paris, Falque, 1909).
L'Adieu à l'adolescence (Paris, Stock, 1911).
Orages (Abbeville, Paillart, 1925; Paris, Grasset, 1949).
Le Sang d'Atys (Paris, Grasset. 1941)

THÉÂTRE ET CINÉMA

Asmodée (Paris, Grasset, 1938).
Les Mal-Aimés (Paris, Grasset, 1945).
Passage du Malin (Paris, Table Ronde, 1948).
Le Feu sur la terre (Paris, Grasset, 1951).
Le Pain vivant, scénario et dialogue pour un film (Paris, Flammarion, 1955).

Œuvres romanesques et théâtrales complètes (Paris, Gallimard, Bibl. de la Pléiade, 3 vol. parus, 1978-1981).

ESSAIS LITTÉRAIRES ET CRITIQUES, CHRONIQUES
OUVRAGES AUTOBIOGRAPHIQUES

Petits Essais de psychologie religieuse (Paris, Société littéraire de France, 1920 ; réédité par l'Artisan du livre, 1933).
La Vie et la mort d'un poète (Paris, Bloud et Gay, 1924 ; Grasset, 1930).
Le Jeune Homme (Paris, Hachette, 1926).
Portraits de la France : Bordeaux (Paris, Émile-Paul, 1926).
La Folie du sage : Proust (Paris, Marcelle Lesage, 1926).
Le Tourment de Jacques Rivière (Strasbourg, Éd. de la Nuée bleue, 1926).
La Rencontre avec Pascal, suivi de *l'Isolement de Barrès* (Paris, Éd. des Cahiers libres, 1926).
La Province (Paris, Hachette, 1926 ; rééd. 1965).
Le Roman (Paris, l'Artisan du livre, 1928).
La Vie de Jean Racine (Paris, Plon, 1928).
Dramaturges (Paris, Librairie de France, 1928).
Supplément au « Traité de la concupiscence » de Bossuet (Paris, Éd. du Trianon, 1928).
Divagations sur Saint-Sulpice (Paris, Champion, 1928).
Voltaire contre Pascal (Paris, Éd. de la Belle Page, 1929).
Dieu et Mammon (Paris, Éd. du Capitole, 1929).
Mes plus lointains souvenirs (Paris, Hazan, 1929).
Trois Grands Hommes devant Dieu (Paris, Éd. du Capitole, 1930).
Paroles en Espagne (Paris, Hartmann, 1930).
Blaise Pascal et sa sœur Jacqueline (Paris, Hachette, 1931).
Le Jeudi saint (Paris, Flammarion, 1931).
Souffrances et bonheur du chrétien (Paris, Grasset, 1931).
Pèlerins (Paris, Éd. de France, 1932).
Commencements d'une vie (Paris, Grasset, 1932).
Le Romancier et ses personnages suivi de *l'Éducation des filles* (Paris, Corrêa, 1933).
Journal, 5 volumes (Paris, Grasset, 1934-1953).
Vie de Jésus (Paris, Flammarion, 1936).
Les Pages immortelles de Pascal (Paris, Corrêa, 1940).
Le Cahier noir (Paris, Éd. de minuit, 1943).
La Nation française a une âme (Bibl. française, 1943).
Ne pas se renier (Alger, Éd. de la Revue Fontaine, 1944).
La Rencontre avec Barrès (Paris, Table Ronde, 1945).
Le Bâillon dénoué, critique (Paris, Grasset, 1945).
Sainte Marguerite de Cortone (Paris, Flammarion, 1945).
Pages de Journal (Monaco, Éd. du Rocher, 1945).
Du côté de chez Proust (Paris, Table Ronde, 1947).
Journal d'un homme de trente ans (Paris, Egloff, 1948).
Mes grands hommes (Monaco, Éd. du Rocher, 1949).
La Pierre d'achoppement (Monaco, Éd. du Rocher, 1951).

Paroles catholiques (Paris, Plon, 1954).
Bloc-Notes (Paris, Flammarion, 1958 et 1960).
Mémoires intérieurs (Paris, Flammarion, 1959).
Le Fils de l'homme (Paris, Grasset, 1959).
Ce que je crois (Paris, Grasset, 1962).
De Gaulle (Paris, Grasset, 1964).
Nouveaux Mémoires intérieurs (Paris, Flammarion, 1965).
Mémoires politiques (Paris, Grasset, 1967).
François Mauriac : Lettres d'une vie, 1904-1969 ; correspondance rassemblée par Caroline Mauriac (Paris, Grasset, 1981).

OUVRAGES CRITIQUES SUR FRANÇOIS MAURIAC

Charles DU BOS, *François Mauriac et le problème du romancier catholique* (Paris, Corrêa, 1935).
Georges HOURDIN, *Mauriac, romancier chrétien* (Paris, Éd. du Temps présent, 1945).
Jacques ROBICHON, *François Mauriac* (Paris, Éd. universitaires, coll. des Classiques du XXe siècle, 1953).
Pierre-Henri SIMON, *Mauriac par lui-même* (Paris, Seuil, 1953 ; rééd. 1974).
B. ROUSSEL, *Mauriac, le péché et la grâce* (Éd. du Centurion, 1965).
K. GOESCH, *François Mauriac. Essai de bibliographie chronologique, 1908-1960* (Paris, Nizet, 1966).
Émile GLENISSON, *l'Amour dans les romans de François Mauriac* (Bruxelles, Éd. universitaires, 1970). — *Le Chrétien Mauriac* (Paris, Desclée de Brouwer, 1971).
Eva KUSHNER, *François Mauriac* (Paris, Desclée de Brouwer, 1972).
Bernard CHOCHON, *François Mauriac ou la Passion de la terre* (Paris, Lettres modernes, 1972).
Jacques MONFÉRIER (sous la dir. de), *François Mauriac* (Paris, Lettres modernes, 1975-1978, 2 vol.).
Jean TOUZOT, *Mauriac avant Mauriac, 1913-1922* (Paris, Flammarion, 1977).
Jean LACOUTURE, *François Mauriac* (Paris, Éd. du Seuil, 1980).

Phot. Martinie

François Mauriac.

LE MYSTÈRE FRONTENAC

1933

NOTICE

Ce qui se passait vers 1933. — EN POLITIQUE. — En France : *Depuis 1932, au gouvernement de droite présidé par A. Tardieu a succédé une coalition entre radicaux et socialistes. La crise économique et financière atteint la France à son tour. Instabilité ministérielle. Crise du régime. L'affaire Stavisky éclate. Agitation des ligues nationalistes et fascistes : Action française, Croix de feu, Francisme.*

Dans les démocraties occidentales : *Chômage et dépression depuis 1929. L'Angleterre abandonne l'étalon-or et le libre-échange (1931) et s'oriente vers le protectionnisme impérial (1932). Aux États-Unis, moratoire des banques et abandon de l'étalon-or. F. D. Roosevelt, élu président en 1932, inaugure la politique économique du New Deal.*

Dans les dictatures : *En Italie, le fascisme est en plein essor. En Allemagne, c'est l'année cruciale qui porte Hitler au pouvoir, de l'incendie du Reichstag (27 février) au plébiscite du 12 novembre.*

En U. R. S. S. : *Premier plan quinquennal, 1928-1933 ; deuxième plan quinquennal, 1933-1938. Une sévère famine suit l'application de la nouvelle économie agricole.*

En Extrême-Orient : *Tchang Kaï-chek, ayant achevé de réduire ses généraux rebelles, lutte contre les communistes. Le Japon, qui a occupé la Mandchourie en 1932, envahit la Chine et marche sur Pékin. La guerre sino-japonaise rapprochera momentanément les communistes et le Kuo-Min-Tang.*

Relations internationales : *Échec de la sécurité collective. Le Japon, blâmé par la S. D. N., s'en retire (27 mars). L'Allemagne, à son tour, quitte la S. D. N. et la conférence du désarmement (14 octobre). Le 7 juin, Angleterre, France, Allemagne et Italie signent le pacte à Quatre.*

EN LITTÉRATURE. — Roman : *J. Romains,* les Hommes de bonne volonté *(t. V et VI) ; G. Duhamel,* le Notaire du Havre, *premier volume de la* Chronique des Pasquier; *A. Malraux,* la Condition humaine *(Prix Goncourt) ; Colette,* la Chatte; *M. Aymé,* la Jument verte.

Poésie : *Mort de la comtesse de Noailles, de Jehan Rictus ; n° 6 du* Surréalisme au service de la Révolution; *P. Eluard,* Comme deux gouttes d'eau; *P. J. Jouve,* Sueur de sang; *Patrice de la Tour du Pin,* la Quête de joie.

Théâtre : *Dullin monte à l'Atelier* la Paix, *d'Aristophane, et* Richard III, *de Shakespeare ; Baty monte à Montparnasse une adaptation de* Crime et Châtiment *de Dostoïevsky.* Intermezzo *de Giraudoux à la Comédie des Champs-Élysées avec L. Jouvet ;* le Bonheur *de H. Bernstein au Gymnase ; les Marionnettes de Salzbourg et les Ballets russes de Monte-Carlo à Paris.*

Essais et philosophie : *H. Bergson,* les Deux Sources de la morale et de la religion *(1932) ; fondation de la revue* Esprit, *par Emmanuel Mounier (1932) ; Louis Lavelle,* la Conscience de soi *(1933) ; Alain,* les Dieux *(1934).*

Au cinéma. — *Jean Vigo,* Zéro de conduite *(1932) ; René Clair,* Quatorze-Juillet *(1933) ; Bunuel,* Terre sans pain *(1933) ; Pabst,* Don Quichotte *(1933) ; Feyder,* le Grand Jeu *(1934) ; Vigo,* l'Atalante *(1934) ; Marc Allegret,* Lac aux Dames *(1934) ; Pagnol,* Angèle *(1934).*

Dans les arts. — Peinture : *Après la prise du pouvoir par Hitler, le Banhaus de Weimar est fermé ; Klee s'installe en Suisse ; Kandinsky à Paris, Masson expose pour la première fois aux États-Unis ; à Paris, il fait un décor pour les Ballets russes de Monte-Carlo ; à Bâle, exposition rétrospective de Chagall ; Albert Skira fonde la revue* le Minotaure.

Musique : *Mort de H. Duparc ; séance inaugurale du* Triton; *premières auditions d'œuvres de Prokofiev, Stravinsky, Honegger, Albert Roussel.*

Dans les sciences. — *Joliot-Curie réalise la radio-activité artificielle (1934).*

Composition et valeur du « Mystère Frontenac ». — Romancier de la famille, François Mauriac ne conduit pas une enquête selon les méthodes d'un Émile Zola, d'un Roger Martin du Gard ou d'un Georges Duhamel. La monographie des Frontenac n'affiche aucune ambition scientifique. Elle n'est pas même écrite dans le sillage d'un Le Play, même si part est faite aux lois de l'hérédité, aux influences sociales et historiques, au climat, à un certain paysage. Elle met plutôt en relief la signification métaphysique du lien familial et ce qu'il entre d'impondérable dans une destinée particulière, celle d'Yves. Malgré des touches réalistes, dans la tradition de Gustave Flaubert, ce récit n'est pas objectif, comme prétendent l'être *les Rougon-Macquart*, *les Thibault* ou *la Chronique des Pasquier*. Ici, les souvenirs ou les thèses sont suffisamment élaborés pour que la marque personnelle des auteurs s'efface derrière l'impassibilité du romancier ou l'impartialité, à peine teintée d'émotion complice, du témoin. Chez Mauriac, au contraire, la passion parle toute pure. C'est plus un journal intime, à peine transposé, qu'un récit imaginaire, détaché de l'écrivain. L'auteur travaille sur lui-même et, s'il réussit à briser le cadre de la confession, c'est qu'il y a dans son aventure personnelle assez de matière pour lui donner une portée plus universelle. Évoquant sa propre enfance, peignant sa propre famille, un peu comme faisaient les grands peintres hollandais, Mauriac interpose, comme on fait au théâtre pour obtenir certains effets, un rideau de tulle, un écran de poésie, le brouillard d'une mémoire proustienne, toute frémissante de sensibilité, entre la réalité vécue et son expression littéraire. Ce procédé donne à sa narration une vibration lyrique qui en fait l'originalité profonde et l'extrême séduction.

Il faudrait lire parallèlement l'*Enfant chargé de chaînes* (1913), *la Robe prétexte* (1914), *Commencements d'une vie* (1932) et *le Mystère Frontenac.* Cette lecture parallèle révélerait au lecteur le jeu de navette du réel à l'imaginaire, qui est le secret de la « magie » mauriacienne.

Les « enfances Mauriac » lui seront rendues avec leurs décors, leurs odeurs, leurs émois. — Bordeaux ? « Il m'a suffi de cette ville triste et belle, de son fleuve limoneux, des vignes qui la couronnent, des pignadas, des sables qui l'enserrent et la font brûlante, pour tout connaître de ce qui devait m'être révélé. » *(Commencements d'une vie.)* « Il y a en nous (me dit José Ximenez) infiniment plus que nous-mêmes. Le petit garçon que tu as été, ce petit garçon catholique et bordelais, élevé dans une maison de la place Pey-Berland, aimera toujours sa cousine Camille. Mais tu es aussi le fils d'un homme pour qui Bordeaux ne fut jamais qu'un port fumeux où l'on ne s'attarde guère, une rade pleine de départs pour les Iles. » *(La Robe prétexte.)*

Les idées sociales généreuses de Jean-Louis Frontenac, elles sont celles de Jean-Paul, séduit par Jérôme Servet, l'apôtre au cœur innombrable d'*Amour et Foi*, sous les traits caricaturés duquel on a voulu reconnaître Marc Sangnier, fondateur du « Sillon » (1902). « C'est la bonne nouvelle que je veux annoncer, à cette foule dont Vous eûtes pitié et à qui des méchants ont fait croire que votre Évangile, votre Église, condamnent leurs espoirs d'une cité plus juste et plus fraternelle. » *(L'Enfant chargé de chaînes.)*

Les goûts littéraires d'Yves Frontenac ne seront pas différents de ceux de ces adolescents, dans lesquels l'auteur se reconnaît volontiers. « Chaque jour, un poète inconnu sortait de l'ombre et me donnait de quoi entretenir mon trouble. J'immolais au dernier venu celui qui, la veille encore, me faisait pleurer. Musset fut sacrifié à Verlaine. Il fallut mépriser Hugo pour adorer mieux Charles Baudelaire. Si de *Sous l'œil des Barbares* les subtilités m'échappaient, j'en retins l'essentiel, le jour où, devant une glace, j'appuyais sur mes tempes les chaudes paumes de mes mains en me répétant : je suis... je suis... j'existe, moi, moi. » *(La Robe prétexte.)*

Dans ce miroir, le lecteur saisira le reflet, à peine retouché, du modèle. Il recomposera, comme un puzzle familier, le portrait générique d'Yves Frontenac. Ces ouvrages livrent les données immédiates du *Mystère Frontenac.*

Le Mystère Frontenac est, dans une large mesure, le roman d'Yves, enfant prodige et prodigue. Il est une approche du mystère de la vocation. Celle d'Yves est un phénomène irréductible. Une certaine atmosphère familiale, la préférence maternelle pour ce cadet désarmé, la marque d'un père sensible à la poésie, une constitution fragile aussi, en sont des composantes évidentes. Mais Yves échappe à toute explication extérieure. C'est, d'ailleurs, dans le sentiment quasi gidien de sa « distinction », sentiment dont il tire à la fois bonheur et souffrance, que le jeune poète se révèle à lui-même. « *Les faveurs de nos dieux m'ont touché dès l'enfance* » : ce vers de Maurice de Guérin, cité en épigraphe, exprime le caractère privilégié, gratuit, de cette vocation de l'écrivain. L'auteur, ici, recourt largement à son expérience personnelle. On ne manquera pas de noter que Gide, comme Mauriac, orphelin de père, a été élevé dans une famille où régnaient les femmes. Il est significatif que l'auteur du *Mystère Frontenac* ait fait de Jean-Louis, frère aîné d'Yves, une sorte de substitut du père. Jean-Louis a l'équilibre, la sagesse, l'autorité d'un véritable *paterfamilias*. Il est pour son cadet l'autorité intelligente et ferme, qui lui a manqué.

La parabole de l'enfant prodigue, qui succombe aux mirages parisiens, se double du thrène secret qu'inspire au romancier-poète l'absence du père. Le personnage du père, ainsi traité par prétérition, voit transférer ses traits et ses privilèges, tantôt à l'oncle Xavier, tantôt à Blanche Frontenac, tantôt à Jean-Louis Frontenac. Il serait facile, à travers ces délégués, de reconstituer le portrait du père, tel que Mauriac le conçoit. Ne nous a-t-il pas, d'ailleurs, livré une confidence qui éclaire indirectement cette conception, lorsqu'il écrit : « Un père de famille est justement le seul homme auquel il soit interdit de n'être qu'un homme de lettres. Et, s'il écrit, ce ne sera pas assez d'une longue existence pour utiliser tout ce qui lui aura été donné d'apprendre à l'école de ses enfants[1]. » Cette réflexion fait écho à celle de P. Claudel qui écrit : « Maintenant, entre moi et les hommes, il y a ceci de changé que je suis père de l'un d'entre eux. Celui-là ne hait point la vie, qui l'a donnée. » On serait tenté d'ajouter que le personnage du père n'est pas, dans une telle perspective, un bon personnage de roman, et, particulièrement, du roman de type mauriacien.

Le Mystère Frontenac peut être considéré également comme un documentaire. Les habitudes et les préjugés de la vie bourgeoise provinciale à la fin du XIXe siècle, les mœurs littéraires parisiennes au début du XXe siècle, les modes et, dans une faible mesure, l'histoire contemporaine y sont décrits par petites touches subjectives ou par allusions, rarement en appuyant. C'est un tableau à la manière impressionniste que brosse Mauriac, non sans atteindre

1. *Le Romancier et ses personnages, l'Éducation des filles.*

à la vérité. Une certaine pudeur émousse la satire, mais celle-ci n'est pas absente de la peinture.

Sans prétendre soutenir une thèse en forme, Mauriac définit, d'autre part, dans son roman, une certaine conception du mystère familial. Recourant au mot « mystère », il récuse du même coup toute explication strictement matérialiste. Éloge de la famille selon un traditionalisme étroit? Non pas. Plaidoyer plutôt, nuancé d'amertume et de tendresse, pour la famille intégrale, véritable projection terrestre du symbole trinitaire chrétien. S'il ne néglige pas, tant s'en faut, les aspects biologiques, psychologiques, économiques et sociaux du fait familial, c'est sur son mystère ontologique que l'auteur fixe sa méditation. Il s'attache moins à l'hérédité, à la solidarité des morts et des vivants, aux conflits d'intérêts, à l'idiosyncrasie de chaque membre du groupe familial qu'à l'aspect religieux du « mystère ». La cellule familiale participe d'une réalité transcendante. Elle semble douée d'une vie surnaturelle, indestructible, hors le temps, dont un observateur peu curieux ne saisit que les manifestations éphémères. Le « mystère » Frontenac est « *un rayon de l'éternel amour réfracté à travers une race* ». Si la famille est, pour l'individu, un obstacle à réduire et, d'abord, une prison dont il faut s'évader, elle est aussi le point d'appui nécessaire de sa liberté. C'est la découverte que fait Yves, méditant sur la mort de sa mère. Le dialogue de Mauriac et de Gide atteint, ici, l'un de ses sommets. Encore ne faudrait-il pas opposer, un peu facilement, au célèbre et souvent mal compris « *Familles, je vous hais* », le groupe à la Barbedienne de Blanche Frontenac et de ses cinq enfants.

Le style. — *Le Mystère Frontenac* présente une richesse de tons qui répond à la variété des thèmes. La vibration poétique et la recherche de la nuance rapprochent l'écriture mauriacienne de celle d'un Maurice de Guérin ou d'un Maurice Barrès. Toutes les pages qui mettent Yves en scène sont écrites selon ces clés. Le contraste est frappant entre ce style de prose poétique et celui des parties documentaires ou descriptives de l'œuvre. Là, on reconnaîtra, à tel emploi de l'imparfait, à tels rythmes syntaxiques, à telles cadences des paragraphes, à travers les procédés de la prose flaubertienne, un réalisme tempéré. Les passages mystiques du roman rendent, en revanche, un son proprement mauriacien. La période y porte les traces d'une recherche passionnée. Une sorte de halo en estompe les contours. Le rythme de la méditation assouplit la phrase. Elle devient musicale. C'est la respiration d'une âme inquiète et attentive à l'indicible, qui module, avec art, son chant profond. Il serait facile d'y déceler l'influence de saint François de Sales, de Pascal et, même, quand un peu d'éloquence s'y trahit, de Bossuet.

N. B. — Les chiffres gras entre parenthèses renvoient aux questions placées à la fin du volume.

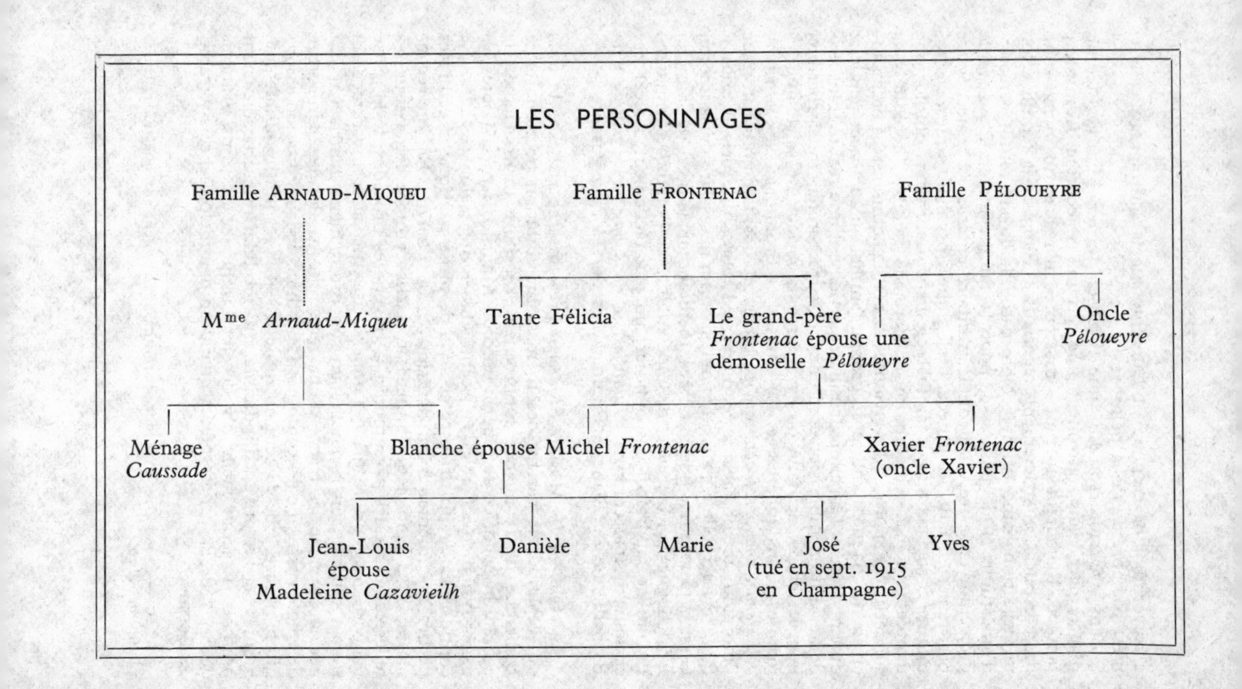
LES PERSONNAGES
Famille ARNAUD-MIQUEU
Famille FRONTENAC
Famille PÉLOUEYRE
Mme Arnaud-Miqueu
Tante Félicia
Le grand-père Frontenac épouse une demoiselle Péloueyre
Oncle Péloueyre
Ménage Caussade
Blanche épouse Michel Frontenac
Xavier Frontenac (oncle Xavier)
Jean-Louis épouse Madeleine Cazavieilh
Danièle
Marie
José (tué en sept. 1915 en Champagne)
Yves

LE MYSTÈRE FRONTENAC

Comme un fruit suspendu dans l'ombre du feuillage
Mon destin s'est formé dans l'épaisseur des bois.
J'ai grandi, recouvert d'une chaleur sauvage,
Et le vent qui rompait le tissu de l'ombrage
Me découvrit le ciel pour la première fois.
Les faveurs de nos dieux m'ont touché dès l'enfance ;
Mes plus jeunes regards ont aimé les forêts,
Et mes plus jeunes pas ont suivi le silence
Qui m'entraînait bien loin dans l'ombre et les secrets.

MAURICE DE GUÉRIN[1].

PREMIÈRE PARTIE

I

Xavier Frontenac[2] jeta un regard timide sur sa belle-sœur qui tricotait, le buste droit, sans s'appuyer au dossier de la chaise basse qu'elle avait rapprochée du feu; et il comprit qu'elle était irritée. Il chercha à se rappeler ce qu'il avait dit, pendant le dîner : et ses propos lui semblèrent dénués de toute malice. Xavier soupira, passa sur son crâne une main fluette.

Ses yeux fixèrent le grand lit à colonnes torses où, huit ans plus tôt, son frère aîné, Michel Frontenac, avait souffert cette interminable agonie. Il revit la tête renversée, le cou énorme, que dévorait la jeune barbe vigoureuse; les mouches inlassables de juin qu'il ne pouvait chasser de cette face suante. Aujourd'hui, on aurait tenté de le trépaner, on l'aurait sauvé peut-être; Michel serait là. Il serait là (**1**)... Xavier ne pouvait plus détourner les yeux de ce lit ni de ces murs. Pourtant ce n'était pas dans cet appartement que son frère avait expiré : huit jours après les obsèques, Blanche Frontenac, avec ses cinq enfants, avait quitté la maison de la rue Vital-Carles[3], et s'était réfugiée au troisième étage de l'hôtel qu'habitait, rue de Cursol, sa mère,

1. *Maurice de Guérin* (1810-1839) : poète français, auteur du *Centaure;* tempérament romantique, il voue à la nature un culte païen, qui s'harmonise mal avec la formation chretienne de son enfance; **2.** Le suffixe *-ac*, ajouté au nom du premier possesseur d'un domaine rural, permit, à l'époque gallo-romaine, de former des noms de lieux (cf. Mauriac, dans le Cantal) qui passèrent ensuite aux familles originaires de ces lieux. Ces noms sont nombreux en Guyenne, en Limousin, en Périgord, en Auvergne; **3.** A Bordeaux, ville natale de F. Mauriac.

Madame Arnaud-Miqueu. Mais les mêmes rideaux à fond bleu, avec des fleurs jaunes, garnissaient les fenêtres et le lit. La commode et l'armoire se faisaient face, comme dans l'ancienne chambre. Sur la cheminée, la même dame en bronze, robe montante et manches longues, représentait la Foi. Seule, la lampe avait changé : Mme Frontenac avait acquis un modèle nouveau que toute la famille admirait : une colonne d'albâtre supportait le réservoir de cristal où la mèche, large ténia, baignait dans le pétrole. La flamme se divisait en nombreux pétales incandescents. L'abat-jour était un fouillis de dentelles crème, relevé d'un bouquet de violettes artificielles (**2**).

Cette merveille attirait les enfants avides de lecture. En l'honneur de l'oncle Xavier, ils ne se coucheraient qu'à neuf heures et demie. Les deux aînés, Jean-Louis et José, sans perdre une seconde, avaient pris leurs livres : les deux premiers tomes des *Camisards* d'Alexandre de Lamothe[1]. Couchés sur le tapis, les oreilles bouchées avec leurs pouces, ils s'enfonçaient, s'abîmaient dans l'histoire; et Xavier Frontenac ne voyait que leurs têtes rondes et tondues, leurs oreilles en ailes de Zéphire, de gros genoux déchirés, couturés, des jambes sales, et des bottines ferrées du bout, avec des lacets rompus, rattachés par des nœuds.

Le dernier né, Yves, auquel on n'eût jamais donné ses dix ans, ne lisait pas, mais assis sur un tabouret, tout contre sa mère, il frottait sa figure aux genoux de Blanche, s'attachait à elle, comme si un instinct l'eût poussé à rentrer dans le corps d'où il était sorti. Celui-là se disait qu'entre l'explication au tableau de demain matin, qu'entre le cours d'allemand où M. Roche peut-être le battrait, et le coucher de ce soir, une nuit bénie s'étendait : « Peut-être, je mourrai, je serai malade... » Il avait fait exprès de se forcer pour reprendre de tous les plats.

Derrière le lit, les deux petites filles, Danièle et Marie, apprenaient leur catéchisme. On entendait leurs fous rires

1. Roman-feuilleton historique, où est racontée la révolte des protestants des Cévennes, après la révocation de l'édit de Nantes (1685). Le héros en est Jean Cavalier. L'auteur y décrit avec complaisance les « horribles cruautés commises par les camisards (brigands qu'il ne faut pas confondre avec les protestants) » [*sic*]. La catholique Marie de Saint-Véran est faite prisonnière par les camisards noirs de Méric et délivrée par son fiancé, le vicomte de Laudun; le roman s'achève par le mariage de Marie avec Laudun, célébré en la cathédrale de Nîmes par Fléchier lui-même, en présence du maréchal de Villars et de ses fameux dragons.

étouffés. Elles étaient isolées, à la maison même, par l'atmosphère du Sacré-Cœur[1], tout occupées de leurs maîtresses, de leurs compagnes, et souvent, à onze heures, dans leurs lits jumeaux, elles jacassaient encore.

Xavier Frontenac contemplait donc à ses pieds ces têtes rondes et tondues, les enfants de Michel, les derniers Frontenac. Cet avoué, cet homme d'affaires avait la gorge contractée; son cœur battait plus vite : cette chair vivante était issue de son frère... Indifférent à toute religion, il n'aurait pas voulu croire que ce qu'il éprouvait était d'ordre mystique (**3**). Les qualités particulières de ses neveux ne comptaient pas pour lui : Jean-Louis, au lieu d'être un écolier éblouissant d'intelligence et de vie, eût-il été une petite brute, son oncle ne l'en aurait pas moins aimé; ce qui leur donnait, à ses yeux, un prix inestimable ne dépendait pas d'eux.

« Neuf heures et demie, dit Blanche Frontenac. Au lit! N'oubliez pas votre prière. »

Les soirs où venait l'oncle Xavier, on ne récitait pas la prière en commun[2].

« N'emportez pas vos livres dans votre chambre.

— Où en es-tu, José? demanda Jean-Louis à son frère.

— J'en suis, tu sais, quand Jean Cavalier... »

Les petites filles tendirent leurs fronts moites à l'oncle. Yves restait en arrière.

« Tu viendras me border? dis, maman? Tu viendras me border?

— Si tu insistes encore, je ne viendrai pas. »

De la porte, le plus chétif de ses garçons lui jeta un regard suppliant. Ses chaussettes disparaissaient dans ses souliers. Sa petite figure mince lui faisait de grandes oreilles. La paupière gauche était tombante, recouvrait presque tout le globe de l'œil[3] (**4**).

Après le départ des enfants, Xavier Frontenac observa encore sa belle-sœur : elle n'avait pas désarmé. Comment l'aurait-il blessée? Il avait parlé des femmes de devoir dont elle était le type. Il ne comprenait pas que ces sortes de

1. Maison d'éducation religieuse dont elles suivent les cours; **2.** Cf. *Commencements d'une vie :* « Dès neuf heures, notre mère se mettait à genoux et nous nous pressions autour de sa robe... »; **3.** Particularité qui se retrouve dans le visage de François Mauriac lui-même.

louanges exaspéraient la veuve. Le pauvre homme, avec une lourde insistance, vantait la grandeur du sacrifice, déclarait qu'il n'y avait rien au monde de plus beau qu'une femme fidèle à son époux défunt, et dévouée tout entière à ses enfants. Elle n'existait à ses yeux qu'en fonction des petits Frontenac. Il ne pensait jamais à sa belle-sœur comme à une jeune femme solitaire, capable d'éprouver de la tristesse, du désespoir. Sa destinée ne l'intéressait en rien. Pourvu qu'elle ne se remariât pas et qu'elle élevât les enfants de Michel, il ne se posait guère de question à son sujet (**5**). Voilà ce que Blanche ne lui pardonnait pas. Non qu'elle ressentît aucun regret : à peine veuve, elle avait mesuré son sacrifice et l'avait accepté; rien ne l'eût fait revenir sur sa résolution. Mais, très pieuse, d'une piété un peu minutieuse et aride, elle n'avait jamais cru que, sans Dieu, elle aurait trouvé la force de vivre ainsi; car c'était une jeune femme ardente, un cœur brûlant. Ce soir-là, si Xavier avait eu des yeux pour voir, il aurait pris en pitié, au milieu des livres abandonnés sur le tapis et du désordre de ce nid déserté, cette mère tragique, ces yeux de jais, cette figure bilieuse, ravinée, où des restes de beauté résistaient encore à l'amaigrissement et aux rides. Ses bandeaux déjà gris, un peu en désordre, lui donnaient l'air négligé d'une femme qui n'attend plus rien. Le corsage noir, boutonné par devant, moulait les épaules maigres, le buste réduit. Tout son être trahissait la fatigue, l'épuisement de la mère que ses petits dévorent vivante (**6**). Elle ne demandait pas d'être admirée ni plainte, mais d'être comprise. L'indifférence aveugle de son beau-frère la mettait hors d'elle et la rendait violente et injuste. Elle s'en repentait et se frappait la poitrine dès qu'il n'était plus là; mais ses bonnes résolutions ne tenaient pas lorsqu'elle revoyait cette figure inexpressive, ce petit homme sans yeux devant qui elle se sentait inexistante et qui la vouait au néant.

Une voix faible s'éleva. Yves appelait : il ne pouvait se contenir et pourtant redoutait d'être entendu

« Ah! cet enfant! »

Blanche Frontenac se leva, mais se rendit d'abord chez les deux aînés. Ils dormaient déjà, serrant dans leurs petites mains sales un scapulaire. Elle les borda et, du pouce, traça une croix sur leur front. Puis elle passa dans la chambre des filles. La lumière luisait sous la porte. Dès qu'elles eurent entendu leur mère, elles éteignirent. Mme Frontenac ralluma la bougie. Entre les deux lits jumeaux, sur la table, des quartiers d'orange étaient disposés dans une assiette de poupée; un autre plat contenait du chocolat râpé et des morceaux de biscuits. Les petites se cachèrent sous leurs draps et Blanche ne voyait plus que leurs couettes[1] tressées que nouait un ruban déteint.

« Privées de dessert... et je noterai sur votre carnet que vous avez été désobéissantes. »

Mme Frontenac emporta les reliefs de la « dînette ». Mais à peine la porte refermée, elle entendit des fusées de rire. Dans la petite pièce voisine, Yves ne dormait pas. Lui seul avait droit à la veilleuse; son ombre se détachait sur le mur où sa tête paraissait énorme et son cou plus frêle qu'une tige. Il était assis, en larmes, et pour ne pas entendre les reproches de sa mère, il cacha sa figure dans son corsage. Elle aurait voulu le gronder, mais elle entendait battre ce cœur fou, elle sentait contre elle ces côtes, ces omoplates (**7**). A ces moments-là, elle éprouvait de la terreur devant cette possibilité indéfinie de souffrance, et elle le berçait :

« Mon petit nigaud... mon petit idiot... Combien de fois t'ai-je dit que tu n'es pas seul? Jésus habite les cœurs d'enfants. Quand tu as peur, il faut l'appeler, il te consolera.

— Non, parce que j'ai fait de grands péchés... Tandis que toi, maman, quand tu es là, je suis sûr que tu es là... Je te touche, je te sens. Reste encore un peu. »

Elle lui dit qu'il fallait dormir, qu'oncle Xavier l'attendait. Elle l'assura qu'il était en état de grâce : elle n'ignorait rien de ce qui concernait son petit garçon. Il se calmait; un sanglot le secouait encore, mais à longs intervalles. Mme Frontenac s'éloigna sur la pointe des pieds (**8**).

II

Quand elle rentra dans sa chambre, Xavier Frontenac sursauta :

« Je crois que j'ai dormi... Ces randonnées à travers les propriétés me fatiguent un peu...

1. *Couettes :* courtes nattes de cheveux.

— A qui vous en prendre, sinon à vous-même? répondit Blanche aigrement. Pourquoi vivre à Angoulême, loin de votre famille? Après la mort de Michel, vous n'aviez qu'à vendre l'étude. Il eût été tout naturel que vous reveniez habiter Bordeaux et lui succédiez dans la maison de bois merrains[1]... Je sais que nous avons la majorité des actions, mais l'associé de Michel a maintenant toute l'influence... Ce Dussol est un brave homme, je le veux bien; il n'empêche qu'à cause de vous, mes petits auront plus de peine à se faire une place dans la maison. »

A mesure qu'elle parlait, Blanche sentait la profonde injustice de ces reproches, — au point qu'elle s'étonnait du silence de Xavier : il ne protestait pas, il baissait la tête, comme si elle eût atteint, chez son beau-frère, une secrète blessure. Et pourtant, il n'aurait eu qu'un mot à dire pour se défendre : à la mort du père Frontenac, qui suivit de près celle de son fils Michel, Xavier avait renoncé à sa part de propriétés en faveur des enfants. Blanche avait cru d'abord qu'il s'agissait pour lui de se débarrasser d'une surveillance ennuyeuse; mais au contraire, ces vignobles qui ne lui appartenaient plus, il offrit de les gérer et de prendre en mains les intérêts de ses neveux. Tous les quinze jours, le vendredi, quelque temps qu'il fît, il partait d'Angoulême vers trois heures, prenait à Bordeaux le train de Langon où il descendait. La victoria[2] ou le coupé, selon la température, l'attendait à la gare.

A deux kilomètres de la petite ville, sur la route nationale, aux abords de Preignac[3], la voiture franchissait un portail et Xavier reconnaissait l'amertume des vieux buis. Deux pavillons construits par l'arrière-grand-père, déshonoraient cette chartreuse du XVIIIe siècle[4] où plusieurs générations de Frontenac avaient vécu. Il gravissait le perron arrondi, ses pas résonnaient sur les dalles, il reniflait l'odeur que l'humidité de l'hiver dégage des anciennes cretonnes (**9**). Bien que ses parents eussent à peine survécu à leur fils aîné, la

1. *Bois merrain :* bois de chêne fendu en planches minces, destinées à servir de douves de tonneau; **2.** *Victoria :* voiture découverte à quatre roues. Le *coupé* est une voiture fermée à quatre roues et, généralement, à deux places seulement; **3.** *Preignac :* importante localité du département de la Gironde, sur la Garonne, à quelques kilomètres en aval de Langon, à une quarantaine de kilomètres de Bordeaux; c'est la région même où se trouve le domaine de Malagar, propriété de F. Mauriac; **4.** « Mon grand-père a coiffé le pavillon central d'un lourd chapeau d'ardoises », écrit Mauriac, en décrivant le domaine familial de Malagar maison était demeurée ouverte. Le jardinier occupait toujours l'un des logements du jardin. Un cocher, une cuisinière, une femme de chambre demeuraient au service de tante Félicia, sœur cadette du père Frontenac, idiote depuis sa naissance. [...] Xavier se mettait d'abord en quête de sa tante qui, à la belle saison, tournait sous la marquise, et l'hiver somnolait au coin du feu de la cuisine. Il ne s'effrayait ni des yeux révulsés dont n'apparaissait que le blanc veinulé, entre les paupières en sang, ni de la bouche tordue, ni, autour du menton, de l'étrange barbe adolescente. Il la baisait au front avec un tendre respect, car ce monstre s'appelait Félicia Frontenac. C'était une Frontenac, la propre sœur de son père, la survivante. Et quand sonnait la cloche pour le dîner, il allait vers l'idiote, et lui ayant pris le bras, la conduisait à la salle à manger, l'installait en face de lui, nouait autour de son cou une serviette. Voyait-il la nourriture qui retombait de cette bouche horrible ? Entendait-il ces éructations ? Le repas achevé, il l'emmenait avec le même cérémonial et la remettait entre les mains de la vieille Jeannette (**10**).

Puis Xavier gagnait, dans le pavillon qui ouvrait sur la rivière et sur les coteaux, l'immense chambre où Michel et lui avaient vécu pendant des années. L'hiver, on y entretenait du feu depuis le matin. A la belle saison, les deux fenêtres étaient ouvertes et il regardait les vignes, les prairies. Un rossignol s'interrompait dans le catalpa[1] où il y avait toujours eu des rossignols... Michel, adolescent, se levait pour les écouter. Xavier revoyait cette longue forme blanche penchée sur le jardin. Il lui criait, à demi endormi : « Recouche-toi, Michel! ce n'est pas raisonnable, tu vas prendre froid. » Pendant très peu de jours et de nuits, la vigne en fleurs sentait le réséda... Xavier ouvre un livre de Balzac, veut conjurer le fantôme. Le livre lui glisse des mains, il pense à Michel et il pleure.

Le matin, dès huit heures, la voiture l'attendait et, jusqu'au soir, il visitait les propriétés de ses neveux. Il allait de Cernès, dans la palu, où l'on récolte le gros vin[2], à Respide, aux abords de Sainte-Croix-du-Mont[3], où il

1. *Catalpa :* arbre originaire d'Amérique du Nord, à fleurs blanches tachées de rouge; **2.** La *palu* (ou le « palus ») désigne les terres d'alluvions du Bordelais, sur lesquelles croît une vigne qui donne un gros vin; **3.** Cru réputé de vin de Bordeaux, blanc et doux.

réussissait aussi bien qu'à Sauternes; puis du côté de Couamères, sur la route de Casteljaloux : là, les troupeaux de vaches ne rapportaient que des déboires.

Partout il fallait mener des enquêtes, étudier les carnets de comptes, éventer les ruses et les traquenards des paysans qui eussent été les plus forts sans les lettres anonymes que Xavier Frontenac trouvait, chaque semaine, dans son courrier. Ayant ainsi défendu les intérêts des enfants, il rentrait si las qu'il se mettait au lit après un dîner rapide. Il croyait avoir sommeil et le sommeil ne venait pas : c'était le feu mourant qui se réveillait souvent, et illuminait le plancher et l'acajou des fauteuils — ou, au printemps, le rossignol que l'ombre de Michel écoutait.

Le lendemain matin, qui était dimanche, Xavier se levait tard, passait une chemise empesée, un pantalon rayé, une jaquette de drap ou d'alpaga, chaussait des bottines à boutons allongées et pointues, se coiffait d'un melon ou d'un canotier[1], descendait au cimetière. Le gardien saluait Xavier, d'aussi loin qu'il l'apercevait. Tout ce qu'il pouvait pour ses morts, Xavier l'accomplissait, en leur assurant, par de continuels pourboires, la faveur de cet homme. Parfois, ses bottines pointues enfonçaient dans la boue; parfois elles se couvraient de cendre; des taupes crevaient la terre bénite. Le Frontenac vivant se découvrait devant les Frontenac retournés en poussière. Il était là, n'ayant rien à dire ni à faire — pareil à la plupart de ses contemporains, des plus illustres aux plus obscurs, emmuré dans son matérialisme, dans son déterminisme, prisonnier d'un univers infiniment plus borné que celui d'Aristote[2]. Et pourtant il demeurait là, son chapeau melon dans la main gauche; et de la droite, pour se donner une contenance devant la mort, il coupait les « gourmands[3] » des rosiers vivaces (**11**).

L'après-midi, l'express de cinq heures l'emportait vers Bordeaux. Après avoir acheté des pâtisseries et des bonbons, il sonnait chez sa belle-sœur. On courait dans le corridor. Les enfants criaient : « C'est l'oncle Xavier! » De petites mains se disputaient le verrou de la porte. Ils se jetaient dans ses jambes, lui arrachaient ses paquets.

1. Les premiers chapitres du roman se situent aux environs de 1890; **2.** Non qu'Aristote soit matérialiste; mais l'image qu'il se fait de l'univers est beaucoup plus limitée que celle que la science moderne a révélée à l'homme; et cependant elle est, aux yeux de Mauriac, plus large que celle des matérialistes modernes; **3.** *Gourmands :* rameaux superflus.

« Je vous demande pardon, Xavier, reprenait Blanche Frontenac qui avait de « bons retours ». Il faut m'excuser, je ne tiens pas toujours mes nerfs... Vous n'avez pas besoin de me rappeler quel oncle vous êtes pour mes petits (**12**)... »

Comme toujours, il parut ne pas l'entendre, ou plutôt n'attacher aucune importance à ses propos. Il allait et venait dans la chambre, ses deux mains relevaient les pans de sa jaquette. L'œil rond et anxieux, il murmura seulement : « qu'on ne faisait rien si l'on ne faisait pas tout... » Blanche eut de nouveau la certitude que tout à l'heure, elle l'avait atteint au plus profond. Elle essaya encore de le rassurer : ce n'était nullement son devoir, lui répétait-elle, que d'habiter Bordeaux, s'il préférait Angoulême, ni que de vendre des bois merrains s'il avait du goût pour la procédure. Elle ajouta :

« Je sais bien que votre petite étude ne vous occupe guère... »

Il la regarda de nouveau avec angoisse, comme s'il avait craint d'être percé à jour[1]; et elle s'efforçait encore de le persuader, sans rien obtenir de lui qu'une attention simulée. Elle eût été si heureuse qu'il se confiât mais c'était un mur. Même du passé, il ne s'entretenait jamais avec sa belle-sœur, ni surtout de Michel. Il avait ses souvenirs à lui, qui n'appartenaient qu'à lui. Cette mère, gardienne des derniers Frontenac, et qu'il vénérait à ce titre, demeurait pour lui une demoiselle Arnaud-Miqueu, une personne accomplie, mais venue du dehors. Elle se tut, déçue, et de nouveau irritée. N'irait-il pas se coucher bientôt? Il s'était rassis, les coudes contre ses maigres cuisses, et tisonnait comme s'il eût été seul.

« A propos, dit-il soudain, Jeannette réclame un coupon d'étoffe : tante Félicia a besoin d'une robe pour la demi-saison.

— Ah! dit Blanche, tante Félicia! Et poussée par elle ne savait quel démon :

— Il faudra que nous ayons, à son sujet, une conversation sérieuse. »

Enfin, elle l'obligeait à être attentif! Les yeux ronds se fixèrent sur les siens. Quel lièvre allait-elle encore lever, cette femme ombrageuse, toujours prête à l'attaque?

1. Le « mystère » Frontenac comprend aussi des mystères mineurs. L'auteur laisse entendre qu'il y a un secret gênant dans la vie de l'oncle.

« Avouez que cela n'a pas le sens commun de payer trois domestiques et un jardinier pour le service d'une pauvre démente qui serait tellement mieux soignée, et surtout mieux surveillée, à l'hospice...

— Tante Félicia, à l'hospice ? »

Elle avait réussi à le mettre hors de lui. Les couperoses de ses joues passèrent du rouge au violet.

« Moi vivant, cria-t-il d'une voix aiguë, tante Félicia ne quittera pas la maison de famille. Jamais la volonté de mon père ne sera violée. Il ne s'est jamais séparé de sa sœur...

— Allons donc! il partait, le lundi, de Preignac pour ses affaires et ne quittait Bordeaux que le samedi soir. Votre pauvre mère toute seule, devait supporter tante Félicia.

— Elle le faisait avec joie... Vous ne connaissez pas les usages de ma famille... elle ne se posait même pas la question... C'était la sœur de son mari...

— Vous le croyez... mais à moi elle a fait ses confidences, la pauvre femme; elle m'a parlé de ces années de solitude en tête-à-tête avec une idiote[1]... »

Furieux, Xavier cria :

« Je ne croirai jamais qu'elle se soit plainte, et surtout qu'elle se soit plainte à vous.

— C'est que ma belle-mère m'avait adoptée, elle m'aimait et ne me considérait pas comme une étrangère.

— Laissons-là mes parents, voulez-vous ? coupa-t-il sèchement. Chez les Frontenac, on n'a jamais fait intervenir la question d'argent lorsqu'il s'agissait d'un devoir de famille. Si vous trouvez excessif de payer la moitié des frais pour la maison de Preignac, je consens à me charger de tout. Vous oubliez d'ailleurs que tante Félicia avait des droits sur l'héritage de mon grand-père, dont mes parents n'ont jamais tenu compte au cours des partages. Mon pauvre père ne s'est jamais inquiété de la loi... »

Blanche, piquée au vif, n'essaya plus de retenir ce qu'elle tenait en réserve depuis le commencement de la dispute :

« Bien que je ne sois pas une Frontenac, j'estime que mes enfants doivent contribuer pour leur part à l'entretien de leur grand'tante et même lui assurer ce train de vie ridiculement coûteux et dont elle est incapable de jouir. J'y consens, puisque c'est votre fantaisie. Mais ce que je n'admettrai

1. *Idiote :* ici, débile mentale.

jamais, ajouta-t-elle en élevant la voix, c'est qu'ils deviennent les victimes de cette fantaisie, c'est qu'à cause de vous, leur bonheur soit compromis (**13**)... » [...]

[On pourrait, en effet, supposer que tante Félicia est folle, et certaines familles, redoutant les dangers d'une si grave hérédité, pourraient se fermer aux enfants Frontenac. Oncle Xavier, qui n'avait pas pensé à cette éventualité, en est épouvanté. Blanche, effrayée elle-même du trouble de son beau-frère, le rassure; mais Xavier semble avoir encore autre chose à se reprocher.]

Quelques minutes plus tard, agenouillée pour sa prière du soir, elle ramenait en vain sa pensée aux oraisons familières. A la prochaine visite de Xavier, elle tâcherait d'en apprendre un peu plus long; ce serait difficile, car il ne se livrait guère, à elle moins qu'à personne. Impossible de se recueillir, et pourtant il eût été grand temps de dormir; car elle se levait, le lendemain, à six heures pour faire travailler José, son cadet, toujours et en tout le dernier de sa classe, comme Jean-Louis en était le premier... Intelligent et fin autant que les deux autres, ce José, mais étonnamment doué pour se dérober, pour ne pas entendre — un de ces enfants que les mots n'atteignent pas, qui ont le génie de l'absence. Ils livrent aux grandes personnes un corps inerte, appesanti sur les livres de classes déchirés, sur des cahiers pleins de taches. Mais leur esprit agile court bien loin de là, dans les hautes herbes de la Pentecôte, au bord du ruisseau, à la recherche des écrevisses. Blanche savait que pendant trois quarts d'heure, elle se battrait en vain contre ce petit garçon somnolent, aussi dénué d'attention, aussi vidé de pensée et même de vie qu'une chrysalide abandonnée.

Les enfants partis, déjeunerait-elle ? Oui, elle déjeunerait : inutile de rester à jeun... Après sa conduite de ce soir à l'égard de son beau-frère, comment eût-elle osé communier ? Il fallait passer à la Société Générale[1]. Elle avait un rendez-vous avec l'architecte pour l'immeuble de la rue Sainte-Catherine. Trouver le temps d'aller voir ses pauvres. Chez Potin[2], faire un envoi d'épicerie aux Repenties[3]. « J'aime cette œuvre de la Miséricorde... » Le soir, après dîner, les

1. Importante société bancaire qui a des agences dans toute la France; sans doute la banque à laquelle Blanche confie ses affaires; **2.** Société commerciale pour la vente de l'épicerie; une des premières entreprises de ce genre à avoir ouvert des magasins à succursales multiples à Paris et en province; **3.** Œuvre charitable.

enfants couchés, elle descendrait chez sa mère. Sa sœur serait là avec son mari. Peut-être tante Adila, ou l'abbé Mellon, le premier vicaire... Des femmes qui sont aimées... Elle n'a pas eu à choisir... Avec tous ses enfants, elle eût été épousée pour sa fortune... Non, non, elle savait bien qu'elle plaisait encore... Ne pas penser à ces incidents. Peut-être avait-elle commencé à y penser? Surtout, pas de scrupules. Il ne lui appartenait pas de frustrer ses petits de la moindre part d'elle-même; aucun mérite, elle était faite comme cela... Cette persuasion qu'ils paieraient dans leur chair tout ce qu'elle pourrait accomplir de mal... Elle savait que cela ne reposait sur rien. Condamnée à perpétuité à ses enfants. Elle en souffrait. « Une femme finie... je suis une femme finie... » Elle appuya ses mains sur ses yeux, les fit glisser le long des joues. « Songer à passer chez le dentiste (**14**)... »

Une voix appelait : encore Yves! Elle alla à pas de loup jusqu'à sa chambre. Il dormait d'un sommeil agité, il avait rejeté ses couvertures. Une jambe squelettique et brune pendait hors du lit. Elle le recouvrit, le borda, tandis qu'il se retournait vers le mur en marmonnant des plaintes confuses. Elle lui toucha le front et le cou pour voir s'il était chaud.

III

[Blanche découvre par hasard le « secret » de Xavier Frontenac : il a depuis longtemps une maîtresse avec laquelle il vit à Angoulême.]

Ce même soir, Xavier Frontenac s'était d'abord assis sous la marquise; mais il avait eu trop chaud dans les vignes et il eut peur de prendre mal. Il erra un instant dans le vestibule, puis se décida à monter. Plus que les nuits pluvieuses d'hiver où le feu lui tenait compagnie et l'incitait à la lecture, il redoutait ces soirs de juin, « les soirs de Michel ». Autrefois, Xavier se moquait de Michel à cause de sa manie de citer, à tout propos, des vers d'Hugo. Xavier, lui, détestait les vers. Mais maintenant, quelques-uns lui revenaient qui avaient gardé l'inflexion de la voix chérie. Il fallait qu'il les retrouvât pour retrouver l'intonation sourde et monotone de son frère. Ainsi, ce soir-là, près de la fenêtre ouverte du côté de la rivière invisible, de même qu'il eût cherché une note, un accord, Xavier récitait sur des tons différents : *Nature au front serein, comme vous oubliez*[1] *!* Les prairies étaient stridentes, il y avait toujours eu ces coassements, ces abois, ces rires. Et l'avoué d'Angoulême, appuyé à la fenêtre, répétait, comme si quelqu'un lui eût soufflé chaque mot : *A peine un char lointain glisse dans l'ombre, écoute... Tout dort et se repose et l'arbre de la route... Secoue au vent du soir la poussière du jour*[2]...

Il tourna le dos à la fenêtre, alluma un cigare de trois sous, et selon sa coutume, il traînait les pieds à travers la pièce, le bas de son pantalon pris entre la cheville et la pantoufle. Il trahissait Michel dans ses enfants, se répétait-il, ressassant ses vieux remords. L'année où il achevait son doctorat en droit à Bordeaux, il avait connu cette fille déjà défraîchie, à peine moins âgée que lui, dont il subissait le pouvoir sans en chercher la raison. Il aurait fallu entrer dans le mystère de ses timidités, de ses phobies, de ses insuffisances, de ses obsessions d'anxieux. Bonne femme, maternelle, qui ne se moquait pas : tel était, peut-être, le secret de sa puissance.

Même du vivant de Michel, Xavier n'avait pas pris légèrement cette situation irrégulière. Chez les Frontenac, un certain rigorisme était de tradition, non d'essence religieuse mais républicaine et paysanne. Le grand-père ni le père de Xavier ne pouvaient souffrir le moindre propos graveleux; et le faux ménage de l'oncle Péloueyre, ce vieux garçon, frère de madame Frontenac, dont la famille avait hérité Bourideys, le domaine landais, avait été le scandale de la famille. On racontait qu'il recevait chez lui, dans la maison de Bourideys, où ses parents étaient morts, cette créature et qu'elle osait se montrer, à onze heures du matin, sur le pas de la porte, en peignoir rose, les pieds nus dans ses pantoufles, et la tresse dans le dos. L'oncle Péloueyre mourut à Bordeaux, chez cette fille, alors qu'il y était venu pour faire un testament en sa faveur. Xavier avait horreur de penser qu'il marchait sur les mêmes traces, et que, sans l'avoir voulu, il reprenait cette tradition de vieux garçon dévergondé. Ah! du moins que la famille ne le sache pas, qu'elle ne découvre pas cette honte! La crainte qu'il en

1. Victor Hugo, « Tristesse d'Olympio » (v. 54) [*les Rayons et les Ombres*];
2. Victor Hugo, « la Prière pour tous » (v. 4-6) [*les Feuilles d'automne*].

avait lui inspira d'acheter une étude non loin de Bordeaux : il avait cru que le silence d'Angoulême se refermerait sur sa vie privée.

A la mort de Michel, la famille ne lui laissa pas le temps de cuver sa douleur. Ses parents qui vivaient encore, Blanche, le tirèrent de son hébétude pour lui notifier ce que la famille avait décidé : « il allait de soi » qu'il devait vendre l'étude, quitter Angoulême, pour venir occuper à Bordeaux, dans la maison de bois merrains, la place laissée vide par Michel. Xavier protestait en vain qu'il n'entendait rien aux affaires ; on lui assurait qu'il aurait l'appui d'Arthur Dussol, leur associé. Mais il se débattait furieusement : renoncer à Joséfa ? c'était au-dessus de ses forces. L'installer à Bordeaux ? Le faux ménage serait en huit jours découvert. Il rencontrerait Blanche, les enfants, avec cette femme à son bras... Cette seule image le faisait pâlir. Plus que jamais, maintenant qu'il était devenu le tuteur de ses neveux, il importait de dissimuler, de recouvrir cette honte. Après tout, l'intérêt des enfants ne semblait en rien menacé par la gestion de Dussol, les Frontenac gardant la majorité des actions. Cela seul importait aux yeux de Xavier : que rien ne transpirât de sa vie privée. Il tint bon, il résista pour la première fois à la volonté de son père déjà touché à mort.

Les affaires enfin réglées, Xavier n'avait pas retrouvé le calme. Il ne put se livrer paisiblement à son chagrin ; un remords le rongeait, — le même qui, ce soir, le fait tourner en rond dans la chambre de son enfance, entre son lit et le lit où il imagine toujours Michel étendu. Le patrimoine devait revenir aux enfants de Michel, c'était voler les Frontenac, estimait-il, que d'en distraire un sou. Or, il avait promis à Joséfa de placer en son nom, pendant dix années, à chaque premier janvier, une somme de dix mille francs ; après quoi, il était entendu qu'elle ne devait rien attendre de Xavier, — sauf, tant qu'il vivrait, le loyer et une mensualité de trois cents francs. En se privant de tout (son avarice amusait Angoulême) Xavier économisait vingt-cinq mille francs par an ; mais, sur cette somme, quinze mille francs seulement allaient à ses neveux. Il les volait de dix billets, se répétait-il, sans compter tout ce qu'il dépensait pour Joséfa. Sans doute leur avait-il fait abandon de sa part dans les propriétés, et chacun peut disposer de ses revenus à sa fantaisie. Mais il connaissait une loi secrète, une loi obscure, une loi Frontenac (**15**) qui seule avait puissance sur lui. Vieux garçon dépositaire du patrimoine, il le gérait pour le compte de ces petits êtres sacrés, nés de Michel, qui s'étaient partagé les traits de Michel, — et Jean-Louis avait pris ses yeux sombres, et Danièle avait ce même signe noir, près de l'oreille gauche, et Yves cette paupière tombante. [...]

IV

[Les années passent, les enfants grandissent : chaque année, les vacances ramènent la famille à Bourideys, la propriété des Landes, héritée de l'oncle Péloueyre.]

Cette année-là, les fêtes de Pâques furent si précoces que dès la fin de mars elles ramenèrent à Bourideys les enfants Frontenac. Le printemps était dans l'air mais demeurait invisible. Sous les feuilles du vieil été, les chênes paraissaient frappés de mort. Le coucou appelait au delà des prairies. Jean-Louis, le « calibre 24 » sur l'épaule, croyait chasser les écureuils, et c'était le printemps qu'il cherchait. Le printemps rôdait dans ce faux jour d'hiver comme un être qu'on sent tout proche et qu'on ne voit pas. Le garçon croyait respirer son haleine et, tout à coup, plus rien : il faisait froid. La lumière de quatre heures, un bref instant, caressait les troncs, les écorces des pins luisaient comme des écailles, leurs blessures gluantes captaient le soleil déclinant. Puis, soudain, tout s'éteignait; le vent d'ouest poussait des nuages lourds qui rasaient les cimes, et il arrachait à cette foule sombre une longue plainte[1].

Comme il approchait des prairies que la Hure arrose, Jean-Louis surprit enfin le printemps : ramassé le long du ruisseau, dans l'herbe déjà épaisse, ruisselant des bourgeons gluants et un peu dépliés des vergnes[2]. L'adolescent se pencha sur le ruisseau pour voir les longues chevelures vivantes des mousses. Des chevelures... les visages devaient être enfouis, depuis le commencement du monde, dans le

1. « La mue mystérieuse de la terre donnait aux vacances de Pâques une qualité particulière qui aurait suffi à me les rendre plus chères. Après l'engourdissement de l'hiver à Bordeaux, les landes nues d'avril, pleines de fougères mortes et d'eaux vives, m'enchantaient. Je me souviens de ces muettes promenades où j'affectionnais les coucous. Je m'appuyais contre un pin dont la résine collait aux doigts; je m'agenouillais près d'une source » (Préface au *Jeudi saint*); **2.** *Vergne :* nom vulgaire de l'aulne. On dit aussi *verne.*

sable ridé par le courant des douces eaux. Le soleil reparut. Jean-Louis s'appuya contre un vergne et tira de sa poche le *Discours sur la Méthode* dans une édition scolaire, et il ne vit plus le printemps pendant dix minutes.

Il fut distrait par la vue de cette barrière démolie : un obstacle qu'il avait fait établir en août pour exercer sa jument Tempête. Il fallait dire à Burthe de la réparer. Il monterait demain matin... Il irait à Léojats, il verrait Madeleine Cazavieilh... Le vent tournait à l'est et apportait l'odeur du village : térébenthine, pain chaud, fumées des feux où se préparaient d'humbles repas. L'odeur du village était l'odeur du beau temps et elle remplit le garçon de joie. Il marchait dans l'herbe déjà trempée. Des primevères luisaient sur le talus qui ferme la prairie à l'ouest. Le jeune homme le franchit, longea une lande récemment rasée, et redescendit vers le bois de chênes que traverse la Hure avant d'atteindre le moulin; et soudain il s'arrêta et retint un éclat de rire : sur la souche d'un pin, un étrange petit moine encapuchonné était assis, et psalmodiait à mi-voix, un cahier d'écolier dans sa main droite[1] (**16**). C'était Yves qui avait rabattu sur sa tête son capuchon et se tenait le buste raide, mystérieux, assuré d'être seul et comme servi par les anges. Jean-Louis n'avait plus envie de rire parce que c'est toujours effrayant d'observer quelqu'un qui croit n'être vu de personne. Il avait peur comme s'il eût surpris un mystère défendu. Son premier mouvement fut donc de s'éloigner et de laisser le petit frère à ses incantations. Mais le goût de taquiner, tout-puissant à cet âge, le reprit et lui inspira de se glisser vers l'innocent que le capuchon rabattu rendait sourd. Il se dissimula derrière un chêne, à un jet de pierre de la souche où Yves trônait, sans pouvoir saisir le sens de ses paroles que le vent d'est emportait. D'un bond, il fut sur sa victime, et avant que le petit ait poussé un cri, il lui avait arraché le cahier, filait à toutes jambes vers le parc.

Ce que nous faisons aux autres, nous ne le mesurons jamais. Jean-Louis se fût affolé s'il avait vu l'expression de son petit frère pétrifié au milieu de la lande (**17**). Le désespoir le jeta soudain par terre, et il appuyait sa face

1. Cf. *Commencements d'une vie :* « Assis sur un tronc de pin, au milieu d'une lande dans l'étourdissement du soleil et des cigales, ivre à la lettre d'être seul... »

contre le sable pour étouffer ses cris. Ce qu'il écrivait à l'insu des autres, ce qui n'appartenait qu'à lui, ce qui demeurait un secret entre Dieu et lui, livré à leurs risées, à leurs moqueries... Il se mit à courir dans la direction du moulin. Pensait-il à l'écluse où, naguère, un enfant s'était noyé ? Plutôt songeait-il, comme il l'avait fait souvent, à courir droit devant lui, à ne plus jamais rentrer chez les siens. Mais il perdait le souffle. Il n'avançait plus que lentement à cause du sable dans ses souliers et parce qu'un pieux enfant est toujours porté par les anges : « ... parce que le Très-Haut a commandé à ses anges à ton sujet de te garder dans toutes tes voies. Ils te porteront dans leurs mains de peur que ton pied ne heurte contre une pierre[1]... » Soudain une pensée consolante lui était venue : personne au monde, pas même Jean-Louis, ne déchiffrerait son écriture secrète, pire que celle dont il usait au collège. Et ce qu'ils en pourraient lire leur paraîtrait incompréhensible. C'était fou de se monter la tête : que pouvaient-ils entendre à cette langue dont lui-même n'avait pas toujours la clef?

Le chemin de sable aboutit au pont, à l'entrée du moulin. L'haleine des prairies les cachait. Le vieux cœur du moulin battait encore dans le crépuscule. Un cheval ébouriffé passait sa tête à la fenêtre de l'écurie. Les pauvres maisons fumantes, au ras de terre, le ruisseau, les prairies, composaient une clairière de verdure, d'eau et de vie cachée que cernaient de toutes parts les plus vieux pins de la commune. Yves se faisait des idées : à cette heure-ci, le mystère du moulin ne devait pas être violé. Il revint sur ses pas. Le premier coup de cloche sonnait pour le dîner. Un cri sauvage de berger traversa le bois. Yves fut pris dans un flot de laine sale, dans une odeur puissante de suint; il entendait les agneaux sans les voir. Le berger ne répondit pas à son salut et il en eut le cœur serré (**18**).

Au tournant de l'allée du gros chêne, Jean-Louis le guettait, il avait le cahier à la main. Yves s'arrêta, indécis. Se fâcherait-il ? Le coucou chanta une dernière fois du côté d'Hourtinat. Ils étaient immobiles à quelques pas l'un de l'autre. Jean-Louis s'avança le premier et demanda :

« Tu n'es pas fâché ? »

Yves n'avait jamais résisté à une parole tendre, ni même

1. Matthieu, IV, 6, 7; Luc, IV, 10, 11.

à une intonation un peu plus douce qu'à l'ordinaire. Jean-Louis ne laissait pas d'être rude avec lui; il grondait trop souvent « qu'il fallait le secouer », et surtout, ce qui exaspérait Yves : « Quand tu seras au régiment... » Mais ce soir, il répétait :

« Dis, tu n'es pas fâché? »

L'enfant ne put répondre et mit un bras autour du cou de son aîné qui se dégagea, mais sans brusquerie.

« Eh bien, dit-il, tu sais, c'est très beau. »

L'enfant leva la tête et demanda ce qui était très beau.

« Ce que tu as écrit... c'est plus que très beau », ajouta-t-il avec ardeur.

Ils marchaient côte à côte dans l'allée encore claire, entre les pins noirs.

« Jean-Louis, tu te moques de moi, tu te paies ma tête? »

Ils n'avaient pas entendu le second coup de cloche. Madame Frontenac s'avança sur le perron et cria :

« Enfants!

— Écoute, Yves : nous ferons, ce soir, le tour du parc, tous les deux, je te parlerai. Tiens, prends ton cahier. »

A table, José, qui se tenait mal et mangeait voracement, répétait sa mère, et qui ne s'était pas lavé les mains, racontait sa course dans la lande avec Burthe : l'homme d'affaires dressait l'enfant à discerner les limites des propriétés. José n'avait d'autre ambition que de devenir « le paysan de la famille »; mais il désespérait de savoir jamais retrouver les bornes. Burthe comptait les pins d'une rangée, écartait les ajoncs, creusait la terre et soudain la pierre enfouie apparaissait, placée là depuis plusieurs siècles par les ancêtres bergers. Gardiennes du droit, ces pierres ensevelies mais toujours présentes, sans doute, inspiraient-elles à José un sentiment religieux, jailli des profondeurs de sa race. Yves oubliait de manger, regardait Jean-Louis à la dérobée et il songeait aussi à ces bornes mystérieuses : elles s'animaient dans son cœur, elles pénétraient dans le monde secret que sa poésie tirait des ténèbres.

Ils avaient essayé de sortir sans être vus. Mais leur mère les surprit :

« On sent l'humidité du ruisseau... Avez-vous au moins vos pèlerines? Surtout, ne vous arrêtez pas. »

La lune n'était pas encore levée. Du ruisseau glacé et des

prairies montait l'haleine de l'hiver. D'abord les deux garçons hésitèrent pour trouver l'allée, mais déjà leurs yeux s'accoutumaient à la nuit. Le jet sans défaut des pins rapprochait les étoiles : elles se posaient, elles nageaient dans ces flaques de ciel que délimitaient les cimes noires. Yves marchait, délivré d'il ne savait quoi, comme si en lui une pierre avait été descellée par son grand frère. Ce frère de dix-sept ans lui parlait en courtes phrases embarrassées. Il craignait, disait-il, de rendre Yves trop conscient. Il avait peur de troubler la source... Mais Yves le rassurait; ça ne dépendait pas de lui, c'était comme une lave dont d'abord il ne se sentait pas maître. Ensuite, il travaillait beaucoup sur cette lave refroidie, enlevait, sans hésiter, les adjectifs, les menus gravats qui y demeuraient pris. La sécurité de l'enfant gagnait Jean-Louis. Quel était l'âge d'Yves? Il venait d'entrer dans sa quinzième année... Le génie survivrait-il à l'enfance?...

« Dis, Jean-Louis? qu'est-ce que tu as le mieux aimé? »

Question d'auteur : l'auteur venait de naître (**19**).

« Comment choisir? J'aime bien lorsque les pins te dispensent de souffrir et qu'ils saignent à ta place, et que tu t'imagines, la nuit, qu'ils faiblissent et pleurent; mais cette plainte ne vient pas d'eux : c'est le souffle de la mer entre leurs cimes pressées. Oh! surtout le passage...

— Tiens, dit Yves, la lune... »

Ils ne savaient pas qu'un soir de mars, en 67 ou 68, Michel et Xavier Frontenac suivaient cette même allée. Xavier avait dit aussi : « la lune... » et Michel avait cité le vers : *Elle monte, elle jette un long rayon dormant*[1]... La Hure coulait alors dans le même silence. Après plus de trente années, c'était une autre eau, mais le même ruissellement; et sous ces pins, un autre amour, — le même amour.

[Jean-Louis parle à son tour de ses projets d'avenir : il veut préparer Normale supérieure et l'agrégation de philosophie.]

V

Yves ne s'étonna pas, le lendemain, de voir son aîné prendre avec lui ses manières habituelles, un peu bourrues, comme s'il n'y avait eu entre eux aucun secret. Ce qui lui

1. Victor Hugo, « Paroles sur la dune » (v. 25) [*les Contemplations*].

apparaissait étrange, c'était la scène de la veille; car il suffit à des frères d'être unis par les racines comme deux surgeons d'une même souche, il n'ont guère coutume de s'expliquer : c'est le plus muet des amours.

Le dernier jour des vacances, Jean-Louis obligea Yves à monter Tempête et, comme toujours, à peine la jument eut-elle senti sur ses flancs ces jambes craintives, qu'elle partit au galop. Yves, sans vergogne, se cramponna au pommeau. Jean-Louis coupa à travers les pins et demeura au milieu de l'allée, les bras étendus. La jument s'arrêta net. Yves décrivit une parabole et se retrouva assis sur le sable, tandis que son frère proclamait : « Tu ne seras jamais qu'une nouille. »

Ce n'était pas cela qui choquait l'enfant. Une chose, pourtant, sans qu'il se l'avouât, l'avait déçu : Jean-Louis continuait ses visites à Léojats, chez les cousins Cazavieilh. En famille et dans le village, chacun savait que pour Jean-Louis, tous les chemins de sable aboutissaient à Léojats. Des partages, autrefois, avaient brouillé les Cazavieilh et les Frontenac. A la mort de madame Cazavieilh, ils s'étaient réconciliés; mais, comme disait Blanche : « entre eux, ça n'avait jamais été chaud, chaud... » Elle avait pourtant fait sortir, le premier jeudi du mois, Madeleine Cazavieilh, qui comptait déjà parmi les grandes au Sacré-Cœur, lorsque Danièle et Marie étaient encore dans les petites classes.

Madame Frontenac cédait à la fois à l'inquiétude et à l'orgueil, quand Burthe disait : « M. Jean-Louis fréquente... » Des sentiments contraires l'agitaient : crainte de le voir s'engager si jeune, mais aussi attrait de ce que Madeleine toucherait à son mariage sur la succession de sa mère; et surtout, Blanche espérait que ce garçon plein de force éviterait le mal, grâce à un sentiment pur et passionné.

Yves, lui, fut déçu, au lendemain de l'inoubliable soirée, dès qu'il comprit, à quelques mots de son frère, que celui-ci revenait de Léojats, comme si la découverte qu'il avait faite dans le cahier d'Yves eût dû le détourner de ce plaisir, comme si tout, désormais, aurait dû lui paraître fade... Yves se faisait de cet amour des représentations simples et précises; il imaginait des regards de langueur, des baisers furtifs, des mains longuement pressées, toute une romance qu'il méprisait. Puisque Jean-Louis avait pénétré son secret, puisqu'il était entré dans ce monde merveilleux, qu'avait-il besoin de chercher ailleurs ?

Sans doute, les jeunes filles existaient déjà, aux yeux du petit Yves. A la grand'messe de Bourideys, il admirait les chanteuses au long cou dont un ruban noir soulignait la blancheur, et qui se groupaient autour de l'harmonium comme au bord d'une vasque et gonflaient leur gorge qu'on eût dit pleine de millet et de maïs. Et son cœur battait plus vite lorsque passait à cheval la fille d'un grand propriétaire, la petite Dubuch, à califourchon sur un poulain, et ses boucles sombres sautaient sur ses minces épaules. Auprès de cette sylphide[1], que Madeleine Cazavieilh paraissait épaisse ! Un gros nœud de ruban s'épanouissait sur ses cheveux relevés en « catogan[2] » et qu'Yves comparait à un marteau de porte. Elle était presque toujours vêtue d'un boléro très court sous les aisselles, qui dégageait une taille rebondie, et d'une jupe serrée sur les fortes hanches et qui allait s'évasant. Quand Madeleine Cazavieilh croisait ses jambes, on voyait qu'elle n'avait pas de chevilles. Quel attrait Jean-Louis découvrait-il dans cette fille lourde, à la face placide, où pas un muscle ne bougeait (**20**) ?

Au vrai, Yves, sa mère, Burthe eussent été surpris, s'ils avaient assisté à ces visites, de ce qu'il ne s'y passait rien : on aurait dit que c'était Auguste Cazavieilh, et non Madeleine, que Jean-Louis venait voir. Ils avaient une passion commune : les chevaux, et tant que le vieux demeurait présent, la conversation ne chômait pas. Mais à la campagne, on n'est jamais tranquille, il y a toujours un métayer, un fournisseur qui demandent à parler à monsieur ; on ne peut condamner sa porte comme à la ville. Les deux enfants redoutaient la minute où le père Cazavieilh les laissait seuls. La placidité de Madeleine eût trompé tout le monde, sauf Jean-Louis : peut-être même aimait-il en elle, par-dessus tout, ce trouble profond, invisible pour les autres, qui bouleversait cette fille, d'apparence imperturbable, dès qu'ils se trouvaient en tête-à-tête. [...]

L'étrange jalousie d'Yves ! Elle n'était point due à l'attachement de Jean-Louis pour Madeleine ; mais il souffrait

1. *Sylphide :* dans la mythologie celtique, être surnaturel, intermédiaire entre le lutin et la fée. Au figuré, femme immatérielle, gracieuse ; c'est Chateaubriand qui a fait la fortune de ce mot dans les *Mémoires d'outre-tombe ;*
2. *Catogan :* ruban pour relever les cheveux, puis nœud de cheveux retroussé.

de ce qu'une autre créature arrachait le grand frère à sa vie habituelle, de ce qu'il n'était pas seul à détenir le pouvoir de l'enchanter. Ces mouvements d'orgueil ne l'empêchaient d'ailleurs point de céder aussi à l'humilité de son âge : l'amour de Jean-Louis l'élevait, pour Yves, au rang des grandes personnes. Un garçon de dix-sept ans, amoureux d'une jeune fille, n'a plus de part à ce qui se passe dans le pays des êtres qui ne sont pas encore des hommes. Aux yeux d'Yves, les poèmes qu'il inventait participaient du mystère des histoires enfantines. Bien loin de se croire « en avance pour son âge », il poursuivait dans son œuvre le rêve éveillé de son enfance, et il fallait être un enfant, croyait-il, pour entrer dans cet incompréhensible jeu.

Or, le jour de la rentrée à Bordeaux, il s'aperçut qu'il avait eu tort de perdre confiance en son aîné. C'était au moment et dans le lieu où il s'y fût le moins attendu : en gare de Langon, la famille Frontenac avait quitté le train de Bazas et cherchait en vain à se loger dans l'express. Blanche courait le long du convoi, suivie des enfants qui trimbalaient le panier du chat, des cages d'oiseau, le bocal contenant une rainette, des boîtes de « souvenirs » tels que pommes de pins, copeaux gluants de résine, pierres à feu. La famille envisageait avec terreur « qu'on serait obligé de se séparer ». Le chef de gare s'approcha alors de madame Frontenac, la main à la visière de sa casquette, et l'avertit qu'il allait faire accrocher un wagon de deuxième classe. Les Frontenac se retrouvèrent tous, dans le même compartiment, secoués comme on l'est en queue d'un convoi, essoufflés, heureux, s'interrogeant les uns les autres sur le sort du chat, de la rainette, des parapluies. Ce fut lorsque le train quittait la gare de Cadillac, que Jean-Louis demanda à Yves s'il avait recopié ses poèmes « au propre ». Naturellement, Yves les avait recopiés dans un beau cahier, mais il ne pouvait changer son écriture.

« Fais-les-moi passer, dès ce soir; je m'en chargerai; moi qui n'ai pas de génie, j'ai une écriture très lisible... Pourquoi faire, idiot ? tu ne devines pas mon idée ? Surtout, ne va pas t'emballer... La seule petite chance que nous ayons, c'est que tu puisses être compris des gens du métier : nous expédierons le manuscrit au *Mercure de France*[1]. »

1. Fondé en 1890 par Alfred Vallette, le *Mercure de France* (maison d'édition en même temps que revue) encourageait la jeune poésie. Autour de

Et comme Yves, tout pâle, ne pouvait que répéter : « Ça, ce serait chic... » Jean-Louis le supplia encore de ne pas se monter le cou :

« Tu penses... Ils doivent en recevoir des tas tous les jours. Peut-être même les jettent-ils au panier sans les lire. Il faut d'abord qu'on te lise... et puis que ça tombe sous les yeux d'un type capable de piger. Il ne faut absolument pas y compter : une chance sur mille; c'est comme si nous lancions une bouteille à la mer. Promets-moi qu'une fois la chose faite, tu n'y penseras plus. »

Yves répétait : « Bien sûr, bien sûr, on ne les lira même pas... » Mais ses yeux étaient brillants d'espoir. Il s'inquiétait : où trouver une grande enveloppe? Combien faudrait-il mettre de timbres? Jean-Louis haussa les épaules : on enverrait le paquet recommandé; d'ailleurs, il se chargeait de tout.

Des gens encombrés de paniers montèrent à Beautiran. Il fallut se serrer. Yves reconnut un de ses camarades, un campagnard, pensionnaire et fort en gymnastique, avec lequel il ne frayait pas. Ils se dirent bonjour. Chacun dévisageait la maman de l'autre. Yves se demandait comment il aurait jugé cette grosse femme transpirante, s'il avait été son fils.

VI

Si Jean-Louis était demeuré auprès d'Yves, durant ces semaines accablantes jusqu'à la distribution des prix, il l'aurait mis en garde contre l'attente folle d'une réponse. Mais à peine rentré, Jean-Louis prit une décision que la famille admira et qui irrita au plus haut point son petit frère. Comme il avait résolu de se présenter à la fois à l'examen de philosophie et à celui des sciences, il réclama la faveur d'être pensionnaire, afin de ne pas perdre le temps des allées et venues. Yves ne l'appelait plus que Mucius Scævola[1]. Il avait en horreur, disait-il, la grandeur d'âme.

Vallette et de Rachilde, sa femme, l'avant-garde se réunissait, de Jarry à Remy de Gourmont, dans le salon de la rue de l'Échaudé-Saint-Germain.

1. Héros célèbre du *De viris illustribus Urbis Romae*. Scævola, c'est-à-dire « le gaucher », avait tué par erreur le secrétaire de Porsenna, au lieu de Porsenna lui-même, chef étrusque qui assiégeait Rome (507 av. J.-C.). Pour se punir de son erreur, il plaça sa main sur un brasier ardent.

Livré à lui-même, il ne pensa plus qu'à son manuscrit. Chaque soir, à l'heure du courrier, il demandait à sa mère la clef de la boîte aux lettres et descendait quatre à quatre les étages. L'attente du lendemain le consolait, à chaque déception. Il se donnait des raisons : les manuscrits n'étaient pas lus sur l'heure, et puis le lecteur, même enthousiaste, devait obtenir l'adhésion de M. Vallette, directeur du *Mercure*.

Les fleurs des marronniers se fanèrent. Les derniers lilas étaient pleins de hannetons. Les Frontenac recevaient de Respide des asperges « à ne savoir qu'en faire ». L'espérance d'Yves baissait un peu plus chaque jour comme le niveau des sources. Il devenait amer. Il haïssait les siens de ne pas discerner un nimbe autour de son front. Chacun, sans malice, lui rabattait le caquet : « Si l'on te pressait le nez, il en sortirait du lait. » Yves crut qu'il avait perdu sa mère : les paroles d'elle l'éloignaient, — coups de bec que la poule donne au poussin grandi, obstiné à la suivre. S'il s'était expliqué, songeait-il, elle n'aurait pas compris. Si elle avait lu ses poèmes, elle l'aurait traité d'idiot ou de fou. Yves ne savait pas que la pauvre femme avait, de son dernier enfant, une connaissance plus profonde qu'il n'imaginait. Elle n'aurait su dire en quoi, mais elle savait qu'il différait des autres, comme le seul chiot de la portée taché de fauve.

Ce n'était pas les siens qui le méprisaient; c'était lui-même qui croyait à sa misère et à son néant. Il prenait en dégoût ses épaules étroites, ses faibles bras. Et, pourtant, la tentation absurde lui venait de monter, un soir, sur la table du salon de famille et de crier : « Je suis roi! je suis roi! »

« C'est l'âge, ça passera... » répétait madame Arnaud-Miqueu à Blanche qui se plaignait. Il ne se coiffait pas, se lavait le moins possible. Puisque le *Mercure* demeurait muet, que Jean-Louis l'avait abandonné, que nul ne saurait jamais qu'un poète admirable était né à Bordeaux, il contenterait son désespoir, en ajoutant encore à sa laideur; il ensevelirait le génie dans un corps décharné et sale (**21**).

[Yves croit trouver un admirateur de ses poèmes dans un élève de philosophie, qui va au même collège que lui. Mais ce Binaud oublie vite l'intérêt qu'il avait semblé prendre au talent du jeune Yves.]

VII

[Xavier Frontenac et son amie Joséfa s'apprêtent à partir pour un voyage touristique en Suisse : événement extraordinaire pour la pauvre femme, qui n'est pas habituée à tant de générosité de la part de son ami. La veille de leur départ, Xavier reçoit un télégramme de Blanche : Mme Arnaud-Miqueu étant tombée très gravement malade à Vichy, Blanche doit aller au chevet de sa mère et demande à Xavier de venir garder les enfants. Xavier n'hésite pas un seul instant : il a plus de joie à gagner Bourideys qu'à voyager avec Joséfa.]

VIII

Le jour du départ de Blanche pour Vichy (elle devait prendre le train de trois heures) la famille déjeunait dans un grand silence — c'est-à-dire sans parler; car le défaut de conversation rendait plus assourdissant le vacarme des fourchettes et de la vaisselle. L'appétit des enfants scandalisait Blanche. Quand elle mourrait, on repasserait aussi les plats... Mais ne s'était-elle pas surprise, tout à l'heure, en train de se demander qui aurait l'hôtel de la rue de Cursol? Des nuées d'orage cachaient le soleil et il avait fallu rouvrir les volets. Les compotiers de pêches attiraient les guêpes. Le chien aboya et Danièle dit : « C'est le facteur. » Toutes les têtes se tournèrent vers la fenêtre, vers l'homme qui débouchait de la garenne, portant en sautoir sa boîte ouverte. Il n'existe personne, dans la famille la plus unie, qui n'attende, qui n'espère une lettre, à l'insu des autres. Madame Frontenac reconnut sur une enveloppe l'écriture de sa mère, mourante, à cette heure, ou peut-être déjà morte. Elle avait dû l'écrire le matin même de l'accident. Blanche hésitait à l'ouvrir; elle se décida enfin, éclata en sanglots. Les enfants regardaient avec stupeur leur mère en larmes. Elle se leva, ses deux filles sortirent avec elle. Personne, sauf Jean-Louis, n'avait prêté attention à la grande enveloppe que le domestique avait déposée devant Yves : *Mercure de France... Mercure de France*... Yves n'arrivait pas à l'ouvrir : des imprimés? ce n'était que des imprimés? Il reconnut une phrase : elle était de lui... Ses poèmes... On avait estropié son nom : Yves Frontenou. Il y avait une lettre : « Monsieur et cher poète. La rare beauté de vos poèmes nous a décidés à les publier tous. Nous vous serions obligés de nous renvoyer les épreuves, après correction, par retour du courrier. Nous plaçons la poésie trop haut pour que toute rémunération ne nous paraisse indigne d'elle. Je vous prie de croire, Monsieur et cher poète, à nos sentiments d'admiration. PAUL MORISSE[1]. *P. S.* Dans quelques mois je serai heureux de lire vos nouvelles œuvres sans que cela comporte aucun engagement de notre part. »

Trois ou quatre gouttes espacées claquèrent et enfin la pluie d'orage ruissela doucement. Yves en éprouvait dans sa poitrine la fraîcheur. Heureux comme les feuillages : la nue avait crevé sur lui. Il avait passé l'enveloppe à Jean-Louis qui, après y avoir jeté un coup d'œil, la glissa dans sa poche. Les petites revinrent : leur mère s'était un peu calmée, elle descendrait au moment de partir. Bonne-maman disait dans sa lettre : « mes tournements de tête m'ont repris plus violents que jamais... » Yves fit un effort pour sortir de sa joie, elle l'entourait comme un feu, il ne pouvait se sauver de cet incendie. Il s'efforça de suivre en esprit le voyage de sa mère : trois trains jusqu'à Bordeaux, puis l'express de Lyon; elle changerait à Gannat... Il ne savait pas corriger les épreuves... Les renvoyer par retour du courrier? On avait fait suivre la lettre de Bordeaux... Il y avait déjà un jour de perdu.

Blanche apparut, la figure cachée par une voilette épaisse. Un enfant cria : « La voiture est là. » Burthe avait peine à tenir le cheval à cause des mouches. Les enfants avaient coutume de se disputer les places dans la victoria[2] pour accompagner leur mère jusqu'à la gare, et pour revenir, non plus sur le strapontin mais « sur les coussins moelleux ». Cette fois, Jean-Louis et Yves laissèrent monter José et les petites. Ils agitèrent la main, ils criaient : « Nous comptons recevoir une dépêche demain matin (**22**). »

Enfin! Ils régnaient seuls sur la maison et sur le parc. Le soleil brillait à travers les gouttes de pluie. La saison fauve s'était étrangement adoucie et le vent, dans les branches chargées d'eau, renouvelait de brèves averses. Les deux garçons ne purent s'asseoir, car les bancs étaient trempés. Ils lurent donc les épreuves en faisant le tour du parc, leurs têtes rapprochées. Yves disait que ses poèmes

1. Collaborateur d'A. Vallette à la direction du *Mercure;* **2.** V. p. 22, note 2.

imprimés lui paraissaient plus courts. Il y avait très peu de fautes qu'ils corrigèrent naïvement comme ils eussent fait sur leurs copies d'écoliers. A la hauteur du gros chêne, Jean-Louis demanda soudain :

« Pourquoi ne m'as-tu pas montré tes derniers poèmes ?

— Tu ne me les as pas demandés. »

Comme Jean-Louis assurait qu'il n'y aurait pris aucun plaisir à la veille des examens, Yves lui offrit d'aller les chercher :

« Attends-moi ici. »

L'enfant s'élança : il courait vers la maison, ivre de bonheur, la tête nue et rejetée. Il faisait exprès de passer à travers les genêts hauts et les feuillages bas pour mouiller sa figure. Le vent de la course lui paraissait presque froid. Jean-Louis le vit revenir, bondissant. Ce petit frère si mal tenu et d'aspect si misérable à la ville, volait vers lui avec la rapide grâce d'un ange.

« Jean-Louis, permets-moi de les lire; ça me ferait tant plaisir de te les lire à haute voix... Attends que je reprenne souffle. »

Ils étaient debout, appuyés au chêne, et l'enfant écoutait, contre le vieux tronc vivant qu'il embrassait les jours de départ, battre son propre cœur éphémère et surmené. Il commença, il lisait bizarrement d'une façon que Jean-Louis jugea d'abord ridicule; puis il pensa que c'était sans doute le seul ton qui convînt. Ces nouveaux poèmes, les trouvait-il inférieurs aux premiers ? il hésitait, il faudrait qu'il les relût... Quelle amertume ! quelle douleur déjà ! Yves qui tout à l'heure bondissait comme un faon, lisait d'une voix âpre et dure. Et pourtant il se sentait profondément heureux; il n'éprouvait plus rien, à cette minute, de l'affreuse douleur que ses vers exprimaient. Seule subsistait la joie de l'avoir fixée dans des paroles qu'il croyait éternelles.

« Il faudra les envoyer au *Mercure* à la rentrée d'octobre, dit Jean-Louis. Ne nous pressons pas trop.

— Tu les préfères aux autres, dis ? »

Jean-Louis hésita :

« Il me semble que ça va plus loin... »

Comme ils approchaient de la maison, ils aperçurent José et les petites qui revenaient de la gare avec des mines de circonstance. Marie dit que ç'avait été affreux, quand le train s'était mis en marche, de voir sangloter leur pauvre maman. Yves détourna la tête parce qu'il avait peur qu'on devinât sa joie. Jean-Louis lui cherchait une excuse : après tout, bonne-maman n'était pas morte, on avait peut-être exagéré; elle avait déjà reçu l'extrême-onction, trois fois... Et puis oncle Alfred avait le goût de la catastrophe. Yves l'interrompit étourdiment :

« Il prend son désir pour une réalité.

— Oh! Yves! comment oses-tu... »

Les enfants étaient choqués; mais Yves partit de nouveau, comme un poulain fou, sautant les fossés, serrant contre son cœur les épreuves qu'il allait relire pour la troisième fois dans ce qu'il appelait sa maison, une vraie bauge de sanglier, au milieu des ajoncs... Il y rongerait son os. José le regardait courir :

« Quel sacré type! Il fait la tête, quand tout va bien; mais s'il y a du malheur dans l'air, le voilà content... »

Il siffla Stop, et descendit vers la Hure pour poser ses lignes de fond, l'esprit libre et joyeux, comme si sa bonne-maman n'avait pas été mourante. Pour enivrer son frère, il avait fallu le premier rayon de la gloire; mais à José, il suffisait d'être un garçon de dix-sept ans , aux premiers jours des grandes vacances, et qui connaissait, dans la Hure, les trous où sont les anguilles (**23**).

IX

Le dîner sans maman fut plus bruyant que d'habitude. Seules, les petites filles, élèves du Sacré-Cœur, et dressées au scrupule, trouvaient « que le soir était mal choisi pour plaisanter »; mais elles pouffaient lorsqu'Yves et José singeaient les chanteuses, à l'église autour de l'harmonium, avec leur bouche en cul de poule : « *Rien pour me satisfaire, dans ce vaste univers !* » Le sage Jean-Louis, toujours en quête d'excuses pour lui-même et pour ses frères, prétendait que l'énervement les obligeait à rire; ça ne les empêchait pas d'être tristes.

Ils partirent, après dîner, dans la nuit noire, pour chercher oncle Xavier au train de neuf heures. Aussi en retard que l'on fût, le train de Bourideys l'était toujours un peu plus. Des piles pressées de planches fraîches, toutes saignantes encore de résine, cernaient la gare. Les enfants se faufilaient au travers, se cognaient, s'égaraient dans l'enchevêtrement des ruelles de cette ville parfumée. Leurs pieds s'enfonçaient profondément dans l'écorce de pin écrasée qu'ils ne voyaient pas; mais ils savaient qu'à la lumière, ce tapis d'écorce a la couleur du sang caillé. Yves assurait que ces planches étaient les membres rompus des pins : déchiquetés, pelés vivants, ils embaumaient, ces corps sacrés des martyrs... José gronda :

« Non! mais quel idiot! Quel rapport ça a-t-il? »

Ils virent briller le quinquet de la gare. Des femmes criaient et riaient; leurs voix étaient perçantes, animales. Ils traversèrent la salle d'attente, puis les rails. Ils entendirent, dans le silence des bois, le bruit éloigné du petit train dont le cahotement rythmé leur était familier et qu'ils imitaient souvent, l'hiver, à Bordeaux, pour se rappeler le bonheur des vacances. Il y eut un long sifflement, la vapeur s'échappa avec fracas et le majestueux joujou sortit des ténèbres. Il y avait quelqu'un dans le compartiment des secondes... Ce ne pouvait être qu'oncle Xavier.

Il ne s'était pas attendu à trouver les enfants aussi joyeux. Ils se disputaient pour porter sa valise, s'accrochaient à son bras, s'informaient de l'espèce de bonbons qu'il avait apportés. Il se laissait conduire par eux, comme un aveugle, à travers les piles de planches et respirait, avec le même bonheur qu'à chacune de ses visites, l'odeur nocturne du vieux pays des Péloueyre. Il savait qu'au tournant de la route qui évite le bourg, les enfants allaient crier : « Attention au chien de Monsieur Dupart... » puis, la dernière maison dépassée, il y aurait, dans la masse obscure des bois, une coupure, une coulée blanche, l'allée gravée où les pas des enfants feraient un bruit familier. Là-bas, la lampe de la cuisine éclairait comme une grosse étoile au ras de terre. L'oncle savait qu'on allait lui servir un repas exquis, mais que les enfants, qui avaient déjà dîné, ne le laisseraient pas manger en paix. A une phrase qu'il risqua sur l'état de leur pauvre grand'mère, ils répondirent tous à la fois qu'il fallait attendre des nouvelles plus précises, que leur tante Caussade exagérait toujours. La dernière bouchée avalée, il dut faire le tour du parc, malgré les ténèbres, selon un rite que les enfants ne permettaient à personne d'éluder.

« Oncle Xavier, ça sent bon? »

Il répondait paisiblement :

« Ça sent le marécage et je sens que je m'enrhume.

— Regarde toutes ces étoiles...

— J'aime mieux regarder où je mets les pieds. »

Une des filles lui demanda de réciter *le méchant faucon et le gentil pigeon*. Quand ils étaient petits, il les amusait de rengaines et de sornettes qu'ils réclamaient à chaque visite et qu'ils écoutaient toujours avec le même plaisir et les mêmes éclats de rire.

« A votre âge? vous n'avez pas honte? Vous n'êtes plus des enfants... »

Que de fois, durant ces jours de joie et de lumière, oncle Xavier devait leur répéter : « Vous n'êtes plus des enfants... » Mais le miracle était, justement, de tremper encore en pleine enfance bien qu'ils eussent déjà dépassé l'enfance : ils usaient d'une rémission, d'une dispense mystérieuse (**24**).

Le lendemain matin, Jean-Louis, lui-même, demandait :

« Oncle Xavier, fais-nous des bateaux-phares. »

L'oncle protestait pour la forme, ramassait une écorce de pin, lui donnait, en quelques coups de canif, l'aspect d'une barque, y plantait une allumette-bougie. Le courant de la Hure emportait la flamme, et chacun des Frontenac retrouvait l'émotion qu'il ressentait autrefois en songeant au sort de cette écorce d'un pin de Bourideys : la Hure l'entraînerait jusqu'au Ciron, le Ciron rejoignait la Garonne non loin de Preignac... et enfin l'océan recevait la petite écorce du parc où avaient grandi les enfants Frontenac. Aucun d'eux n'admettait qu'elle pût être retenue par des ronces, ni pourrir sur place, avant même que le courant de la Hure ait dépassé le bourg. Il fallait croire, c'était un article de foi, que du plus secret ruisseau des landes, le bateau-phare passerait à l'océan Atlantique : « avec sa cargaison de mystère Frontenac... », disait Yves (**25**).

Et ces grands garçons couraient comme autrefois, le long du ruisseau, pour empêcher le bateau-phare de s'échouer. Le soleil, déjà terrible, enivrait les cigales, et les mouches se jetaient sur toute chair vivante. Burthe apporta une dépêche que les enfants ouvrirent avec angoisse : « Légère amélioration... » Quel bonheur! on pourrait être heureux et rire sans honte. Mais les jours suivants, il arriva qu'oncle Xavier lut à haute voix, sur le papier bleu : « Bonne-maman au plus mal... » et les enfants consternés ne savaient que faire de leur joie. Bonne-maman Arnaud-Miqueu agonisait dans une chambre d'hôtel, à Vichy. Mais ici, le parc concentrait l'ardeur de ces longues journées brûlantes. Au pays des forêts, on ne voit pas monter les orages. Ils demeurent longtemps dissimulés par les pins; leur souffle seul les trahit, et ils surgissent comme des voleurs. Parfois le front cuivré de l'un d'eux apparaissait au sud, sans que sa fureur éclatât. Le vent plus frais faisait dire aux enfants qu'il avait dû pleuvoir ailleurs.

Même les jours où les nouvelles de Vichy étaient mauvaises, le silence ni le recueillement ne duraient. Danièle et Marie se rassuraient sur une neuvaine qu'elles faisaient pour leur grand'mère, en union avec le Carmel de Bordeaux et le couvent de la Miséricorde. José proclamait : « Quelque chose me dit qu'elle s'en tirera. » Il fallait qu'oncle Xavier interrompît, le soir, le chœur de Mendelssohn qu'ils chantaient, à trois voix, sur le perron :

> Tout l'univers est plein de sa magnificence!
> Qu'on l'adore, ce Dieu..

« Quand ce ne serait qu'à cause des domestiques », disait oncle Xavier. Yves protestait que la musique n'empêchait personne d'être inquiet et triste; et il attendait de ne plus voir le feu du cigare de l'oncle dans l'allée gravée[1], pour entonner, avec son étrange voix que la mue blessait, un air du *Cinq-Mars* de Gounod :

> Nuit resplendissante et silencieuse...[2]

Il s'adressait à la nuit comme à une personne, comme à un être dont il sentait contre lui la peau fraîche et chaude, et l'haleine.

> Dans tes profondeurs, nuit délicieuse...

Jean-Louis et José assis sur le banc du perron, la tête renversée, guettaient les étoiles filantes. Les filles criaient qu'une chauve-souris était entrée dans leur chambre.

A minuit, Yves rallumait sa bougie, prenait son cahier de vers, un crayon. Déjà les coqs du bourg répondaient à leurs frères des métairies perdues. Yves, pieds nus, en chemise, s'accoudait à la fenêtre et regardait dormir les

1. *Gravée :* couverte de gravier (ou de graves, selon un terme géologique utilisé dans la région girondine); 2. Cf. *Asmodée* (II, 1) et aussi ces lignes de *la Province* (p. 23) : « Je cherche un air du *Cinq-Mars* de Gounod que nous chantions, mes frères et moi, dans ces belles nuits, et que je retrouve : « Nuit resplendissante et silencieuse... »

arbres. Personne ne saurait jamais, sauf son ange, comme il ressemblait alors à son père, au même âge.

Un matin, la dépêche : « État stationnaire », fut interprétée dans un sens favorable. Matinée radieuse, rafraîchie par des orages qui avaient éclaté très loin. Les filles apportèrent à oncle Xavier des branches de vergne pour qu'il leur fît des sifflets. Mais elles exigeaient que l'oncle ne renonçât à aucun des rites de l'opération : pour décoller l'écorce du bois, il ne suffisait pas de la tapoter avec le manche du canif; il fallait aussi chanter la chanson patoise : *Sabe, sabe caloumet. Te pourterey un pan naouet. Te pourterey une mitche toute caoute. Sabarin. Sabaro...*

Les enfants reprenaient en chœur les paroles idiotes et sacrées. Oncle Xavier s'interrompit :

« Vous n'avez pas honte, à votre âge, de m'obliger à faire la bête ? »

Mais tous avaient obscurément conscience que, par une faveur singulière, le temps faisait halte : ils avaient pu descendre du train que rien n'arrête; adolescents, ils demeuraient dans cette flaque d'enfance, ils s'y attardaient, alors que l'enfance s'était retirée d'eux à jamais.

***

Les nouvelles de Mme Arnaud-Miqueu devinrent meilleures. C'était inespéré. Bientôt maman serait de retour et l'on ne pourrait plus être aussi bête devant elle. Fini de rire entre Frontenac. Mme Arnaud-Miqueu était sauvée. On alla chercher maman au train de neuf heures, par une nuit de lune, et la lumière coulait entre les piles de planches. Il n'y avait pas eu besoin d'apporter la lanterne.

Au retour de la gare, les enfants regardaient manger leur mère. Elle avait changé, maigri. Elle racontait qu'une nuit, bonne-maman avait été si mal qu'on avait préparé un drap pour l'ensevelir (dans les grands hôtels, on enlève tout de suite les morts, à la faveur de la nuit). Elle remarqua qu'on l'écoutait peu, qu'il régnait entre les neveux et l'oncle une complicité, des plaisanteries occultes, des mots à double entente, tout un mystère où elle n'entrait pas. Elle se tut, s'assombrit. Elle ne nourrissait plus contre son beau-frère les mêmes griefs qu'autrefois parce que, vieillie, elle n'avait plus les mêmes exigences. Mais elle souffrait de la tendresse que les enfants témoignaient à leur oncle et détestait que toutes les manifestations de leur gratitude fussent pour lui (**26**).

[Cette fin d'été est marquée par des disputes familiales, qui annoncent un événement plus grave.]

X

La tempête que ces signes annonçaient éclata en la fête de Notre-Dame de Septembre[1]. Après le déjeuner, Mme Frontenac, oncle Xavier et Jean-Louis se réunirent dans le petit salon aux volets clos. La porte était ouverte à deux battants sur la salle de billard où Yves, étendu, cherchait le sommeil. Les mouches le tracassaient; une grosse libellule prisonnière se cognait au plafond. Malgré la chaleur, les deux filles, à bicyclette, tournaient autour de la maison en sens contraire, et poussaient des cris quand elles se croisaient.

« Il faudra fixer le jour de ce déjeuner, avant le départ d'oncle Xavier, disait Mme Frontenac. Tu verras ce brave Dussol, Jean-Louis. Puisque tu dois vivre avec lui... »

Yves se réjouit de ce que Jean-Louis protestait vivement :

« Mais non, maman... je te l'ai dit et redit... Tu n'as jamais voulu m'entendre; je n'ai nullement l'intention d'entrer dans les affaires.

— C'était de l'enfantillage... Je n'avais pas à en tenir compte. Tu sais bien que tôt ou tard il faudra te décider à prendre ta place dans la maison. Le plus tôt sera le mieux.

— Il est certain, dit oncle Xavier, que Dussol est un brave homme et qui mérite confiance; n'empêche qu'il est temps, et même grand temps, qu'un Frontenac mette le nez dans l'affaire. »

Yves s'était soulevé à demi et tendait l'oreille.

« Le commerce ne m'intéresse pas.

— Qu'est-ce qui t'intéresse? »

Jean-Louis hésita une seconde, rougit et lança enfin bravement :

« La philosophie.

1. 8 septembre, fête de la Nativité de la Vierge.

— Tu es fou? qu'est-ce que tu vas chercher! Tu feras ce qu'ont fait ton père et ton grand-père... La philosophie n'est pas un métier.

— Après mon agrégation, je compte préparer ma thèse. Rien ne me presse... Je serai nommé dans une Faculté...

— Alors, voilà ton idéal! s'écria Blanche, tu veux être fonctionnaire! Non, mais vous l'entendez, Xavier? fonctionnaire! Alors qu'il a à sa disposition la première maison de la place. »

A ce moment, Yves pénétra dans le petit salon les cheveux en désordre, l'œil en feu, il traversa le brouillard de fumée dont l'éternelle cigarette d'oncle Xavier enveloppait les meubles et les visages.

« Comment pouvez-vous comparer, cria-t-il d'une voix perçante, le métier de marchand de bois, avec l'occupation d'un homme qui voue sa vie aux choses de l'esprit? C'est... c'est indécent... »

Les grandes personnes, interloquées, regardaient cet énergumène sans veste, la chemise ouverte et les cheveux sur les yeux. Son oncle lui demanda, d'une voix tremblante, de quoi il se mêlait; et sa mère lui ordonna de quitter la pièce. Mais lui, sans les entendre, criait que « naturellement, dans cette ville idiote, on croyait qu'un marchand de n'importe quoi l'emportait sur un agrégé de lettres. Un courtier en vins prétendait avoir le pas sur un Pierre Duhem, professeur à la Faculté des Sciences[1], dont on ne connaissait même pas le nom, sauf aux heures d'angoisse, quand il s'agissait de pistonner quelque imbécile pour le bachot... » (On eût bien embarrassé Yves en lui demandant un aperçu des travaux de Duhem.)

« Non! mais écoutez-le! il fait un véritable discours... Mais tu n'es qu'un morveux! Si on te pressait le nez... »

Yves ne tenait aucun compte de ces interruptions. Ce n'était pas seulement dans cette ville stupide, disait-il, qu'on méprisait l'esprit; dans tout le pays, on traitait mal les professeurs, les intellectuels. « ... En France, leur nom est une injure; en Allemagne, « professeur » vaut un titre de noblesse... Mais aussi, quel grand peuple! » D'une voix qui devenait glapissante, il s'en prit à la patrie et aux

1. *Pierre Duhem :* physicien et mathématicien français, né à Paris (1861-1916), créateur de l'énergétique, auteur d'un *Système du monde*, en dix volumes.

patriotes. Jean-Louis essayait en vain de l'arrêter. Oncle Xavier, hors de lui, n'arrivait pas à se faire entendre.

« Je ne suis pas suspect... On sait de quel côté je me range... J'ai toujours cru à l'innocence de Dreyfus... mais je n'accepte pas qu'un morveux... »

Yves se permit alors, sur « les vaincus de 70 », une insolence dont la grossièreté même le dégrisa. Blanche Frontenac s'était levée :

« Il insulte son oncle, maintenant! Sors d'ici. Que je ne te revoie plus (**27**)! »

Il traversa la salle de billard, descendit le perron. L'air brûlant s'ouvrit et se referma sur lui. Il s'enfonçait dans le parc figé. Des nuées de mouches ronflaient sur place, les taons se collaient à sa chemise. Il n'éprouvait aucun remords, mais était humilié d'avoir perdu la tête, d'avoir battu les buissons au hasard. Il aurait fallu rester froid, s'en tenir à l'objet de la dispute. Ils avaient raison, il n'était qu'un enfant... Ce qu'il avait dit à l'oncle était horrible et ne lui serait jamais pardonné. Comment rentrer en grâce? L'étrange était qu'à ses yeux ni sa mère, ni son oncle ne sortaient amoindris du débat. Bien qu'il fût trop jeune encore pour se mettre à leur place, pour entrer dans leurs raisons, Yves ne les jugeait pas : maman, oncle Xavier demeuraient sacrés, ils faisaient partie de son enfance, pris dans une masse de poésie à laquelle il ne leur appartenait pas d'échapper. Quoi qu'ils pussent dire ou faire, songeait Yves, rien ne les séparerait du mystère de sa propre vie. Maman et oncle Xavier blasphémaient en vain contre l'esprit, l'esprit résidait en eux, les illuminait à leur insu.

Yves revint sur ses pas; l'orage ternissait le ciel mais se retenait de gronder; les cigales ne chantaient plus; les prairies seules vibraient follement. Yves avançait en secouant la tête comme un poulain, sous la ruée des mouches plates qui se laissaient écraser contre son cou et sa face. « Vaincu de 1870... » Il n'avait pas voulu être méchant; les enfants avaient souvent plaisanté, devant oncle Xavier, de ce que ni lui, ni Burthe, engagés volontaires, n'avaient jamais vu le moindre Prussien. Mais cette fois, la plaisanterie avait eu un tout autre sens. Il gravit lentement le perron, s'arrêta dans le vestibule. Personne encore n'avait quitté le petit salon. Oncle Xavier parlait : « ... A la veille de rejoindre mon corps, je voulus embrasser une dernière fois mon frère Michel; je sautai le mur de la caserne et me cassai la jambe. A l'hôpital, on me mit avec les varioleux. J'y aurais laissé ma peau... Ton pauvre père qui ne connaissait personne à Limoges fit tant de démarches qu'il arriva à me tirer de là. Pauvre Michel! Il avait en vain essayé de s'engager (c'était l'année de sa pleurésie)... Il demeura des mois dans cet affreux Limoges où il ne pouvait me voir qu'une heure par jour... »

Oncle Xavier s'interrompit : Yves avait paru sur le seuil du petit salon; il vit se tourner vers lui la figure bilieuse de sa mère, les yeux inquiets de Jean-Louis; oncle Xavier ne le regardait pas. Yves désespérait de trouver aucune parole; mais l'enfant, qu'il était encore, vint à son secours : d'un brusque élan, il se jeta au cou de son oncle sans rien dire, et il l'embrassait en pleurant; puis il vint à sa mère, s'assit sur ses genoux, cacha sa figure, comme autrefois, entre l'épaule et le cou :

« Oui, mon petit, tu as de bons retours... Mais il faudrait te dominer, prendre sur toi... »

Jean-Louis s'était levé et rapproché de la fenêtre ouverte pour qu'on ne vît pas ses yeux pleins de larmes. Il tendit la main au dehors et dit qu'il avait senti une goutte. Tout cela ne servait pas sa cause. L'immense réseau de la pluie se rapprochait, comme un filet qui l'eût rabattu dans ce petit salon enfumé — rabattu à jamais (**28**).

Il ne pleuvait plus. Jean-Louis et Yves suivirent l'allée vers le gros chêne.

« Tu ne vas pas lâcher, Jean-Louis ? »

Il ne répondit pas. Les mains dans les poches, la tête basse, il poussait du pied une pomme de pin. Et comme son frère insistait, il dit d'une voix faible :

« Ils affirment que c'est un devoir envers vous tous. D'après eux, José seul ne saurait pas faire sa place dans la Maison. Lorsque je serai à la tête de l'affaire, il pourra y entrer, lui aussi... Et ils croient que toi-même tu seras trop heureux, un jour, de m'y rejoindre... Ne te fâche pas... Ils ne comprennent pas qui tu es... Crois-tu qu'ils vont jusqu'à prévoir que peut-être Danièle et Marie épouseront des types sans situation...

— Ah! ils voient les choses de loin, s'écria Yves

(furieux parce qu'on le croyait capable de finir, lui aussi, devant le râtelier commun). Ah! ils ne laissent rien au hasard, ils organisent le bonheur de chacun; ils ne comprennent pas qu'on veuille être heureux d'une autre manière...

— Il ne s'agit pas de bonheur, pour eux, dit Jean-Louis, mais d'agir en vue du bien commun et dans l'intérêt de la famille. Non, il ne s'agit pas de bonheur... As-tu remarqué? C'est un mot qui ne sort jamais de leur bouche... Le bonheur... J'ai toujours vu à maman cette figure pleine de tourment et d'angoisse... Si papa avait vécu, je pense que ç'eût été pareil... Non, pas le bonheur; mais le devoir... une certaine forme du devoir, devant laquelle ils n'hésitent jamais... Et le terrible, mon petit, c'est que je les comprends (**29**). »

Ils avaient pu atteindre le gros chêne avant la pluie. Ils entendaient l'averse contre les feuilles. Mais le vieil arbre vivant les couvait sous ses frondaisons plus épaisses que des plumes. Yves, avec un peu d'emphase, parlait du seul devoir : envers ce que nous portons, envers notre œuvre. Cette parole, ce secret de Dieu déposé en nous et qu'il faut délivrer... Ce message dont nous sommes chargés...

« Pourquoi dis-tu « nous »? Parle pour toi, mon petit Yves. Oui, je crois que tu es un messager, que tu détiens un secret... Mais comment notre mère et oncle Xavier le sauraient-ils? En ce qui me concerne, je crains qu'ils n'aient raison : professeur, je ne ferais rien que d'expliquer la pensée des autres... C'est déjà plus beau que tout, c'est une œuvre qui vaut mille fois qu'on y use sa vie, mais... »

Stop jaillit d'un buisson, courut vers eux, la langue pendante; José ne devait pas être loin. Yves parlait comme à un homme au chien couvert de boue :

« Tu viens du marais, hein, mon vieux? »

José sortit à son tour du fourré. Il montrait en riant son carnier vide. Il avait battu le marais de la Téchoueyre, toute la matinée.

« Rien! des râles[1] qui se levaient au diable... J'ai vu tomber deux poules d'eau, mais je n'ai pas pu les retrouver... »

Il ne s'était pas rasé, le matin : une jeune barbe drue noircissait ses joues enfantines.

1. *Râle :* oiseau migrateur, vivant dans les marais (râle d'eau et râle des genêts). Les rallidés comprennent les poules d'eau, les foulques, etc.

« Il paraît qu'il y a un sanglier du côté de Biourge (**30**). »

[Le soir, Blanche et Xavier expliquent encore à Jean-Louis que son rôle est de prendre la direction de l'entreprise familiale; et Jean-Louis se laisse convaincre.]

XI

[Grand repas chez les Frontenac : Dussol et les Cazavieilh y sont invités.]

XII

Sous les chênes, le café et les liqueurs attiraient les hommes repus. Dussol avait pris à part oncle Xavier, et Blanche Frontenac les suivait d'un œil inquiet. Elle craignait que son beau-frère ne se laissât rouler. Yves contourna la maison, prit une allée déserte qui rejoignait le gros chêne. Il n'eut pas besoin de marcher longtemps pour ne plus entendre les éclats de voix, pour ne plus sentir l'odeur des cigares. La nature sauvage commençait tout de suite; déjà les arbres ne savaient plus qu'il y avait eu du monde à déjeuner.

Yves franchit un fossé; il était un peu ivre (pas autant qu'il le craignait, car il avait fameusement bu). Son repaire, sa bauge[1] l'attendait : des ajoncs, que les Landais appellent des jaugues, des fougères hautes comme des corps humains, l'enserraient, le protégeaient. C'était l'endroit des larmes, des lectures défendues, des paroles folles, des inspirations; de là qu'il interpellait Dieu, qu'il le priait et le blasphémait tour à tour. Plusieurs jours s'étaient écoulés depuis sa dernière venue; déjà dans le sable non foulé, les fourmis-lions[2] avaient creusé leurs petits entonnoirs. Yves prit une fourmi et la jeta dans l'un d'eux. Elle essayait de grimper, mais les parois mouvantes se défaisaient sous elle, et déjà, du fond de l'entonnoir, le monstre lançait du sable. A peine la fourmi exténuée avait-elle atteint le bord de l'abîme qu'elle glissait de nouveau. Et soudain, elle se sentit prise par une patte. Elle se débattait, mais le monstre l'entraînait lentement sous la terre. Supplice effroyable. A l'entour, les

1. *Bauge :* au sens propre, gîte du sanglier; 2. *Fourmi-lion :* insecte ainsi nommé parce que ses larves se nourrissent de fourmis.

grillons vibraient dans le beau jour calme. Des libellules hésitaient à se poser; les bruyères roses et rousses pleines d'abeilles, sentaient déjà le miel. Yves ne voyait plus s'agiter au-dessus du sable que la tête de la fourmi et deux petites pattes désespérées. Et cet enfant de seize ans, penché sur ce mystère minuscule, se posait le problème du mal. Cette larve qui crée ce piège et qui a besoin, pour vivre et pour devenir papillon, d'infliger à des fourmis cette atroce agonie; la remontée terrifiée de l'insecte hors de l'entonnoir, les rechutes et le monstre qui le happe... Ce cauchemar faisait partie du Système... Yves prit une aiguille de pin, déterra la fourmi-lion, petite larve molle et désormais impuissante. La fourmi délivrée reprit sa route avec le même affairement que ses compagnes, sans paraître se souvenir de ce qu'elle avait subi — sans doute parce que c'était naturel, parce que c'était selon la nature... Mais Yves était là, avec son cœur, avec sa souffrance, dans un nid de jaugues. Eût-il été le seul humain respirant à la surface de la terre, il suffisait à détruire la nécessité aveugle, à rompre cette chaîne sans fin de monstres tour à tour dévorants et dévorés; il pouvait la briser, le moindre mouvement d'amour la brisait. Dans l'ordre affreux du monde, l'amour introduisait son adorable bouleversement. C'est le mystère du Christ et de ceux qui imitent le Christ. « Tu es choisi pour cela... Je t'ai choisi pour tout déranger... » L'enfant dit à haute voix : « C'est moi-même qui parle... » (et il appuya ses deux mains sur son visage transpirant). C'est toujours nous-même qui parlons à nous-même... Et il essaya de ne plus penser. Très haut dans l'azur, au sud, un vol de ramiers surgit et il les suivit de l'œil jusqu'à ce qu'il les eût perdus. « Tu sais bien qui je suis, disait la voix intérieure, Moi qui t'ai choisi. » Yves, accroupi sur ses souliers, prit une poignée de sable, et la jeta dans le vide; et il répétait, l'air égaré : « Non! non! non! »

« Je t'ai choisi, je t'ai mis à part des autres, je t'ai marqué de mon signe. »

Yves serra les poings : c'était du délire, disait-il, d'ailleurs il était pris de vin. Qu'on le laisse tranquille, il ne demande rien. Il veut être un garçon de son âge, pareil à tous les garçons de son âge. Il saurait bien échapper à sa solitude.

« Toujours je la recréerai autour de toi.

— Ne suis-je pas libre? Je suis libre! » cria-t-il.

Il se tint debout et son ombre remuait sur les fougères.

« Tu es libre de traîner dans le monde un cœur que je n'ai pas créé pour le monde; — libre de chercher sur la terre une nourriture qui ne t'est pas destinée — libre d'essayer d'assouvir une faim qui ne trouvera rien à sa mesure : toutes les créatures ne l'apaiseraient pas, et tu courras de l'une à l'autre... »

« Je me parle à moi-même, répète l'enfant, je suis comme les autres, je ressemble aux autres. »

Ses oreilles sifflaient; le désir de sommeil l'étendit dans le sable et il appuya, sur son bras replié, sa tête. Le frémissement d'un bourdon l'entoura, puis s'éloigna, se perdit dans le ciel. Le vent d'Est apportait l'odeur des fours à pain et des scieries. Il ferma les yeux. Des mouches s'acharnaient contre sa figure qui avait le goût du sel et d'un geste endormi, il les chassait. Cet adolescent couché sur la terre ne troublait pas les grillons du soir; un écureuil descendit du pin le plus proche pour aller boire au ruisseau et passa tout près de ce corps d'homme. Une fourmi, peut-être celle qu'il avait délivrée, grimpa le long de sa jambe; d'autres suivirent. Combien de temps aurait-il fallu qu'il demeurât immobile pour qu'elles s'enhardissent jusqu'au dépècement[1] (**31**)?

La fraîcheur du ruisseau le réveilla. Il sortit du fourré. De la résine souillait sa veste. Il enleva les aiguilles de pin prises dans ses cheveux. Le brouillard des prairies envahissait peu à peu les bois et ce brouillard ressemblait à l'haleine d'une bouche vivante lorsqu'il fait froid. Au tournant de l'allée, Yves se trouva en face de sa mère qui récitait son chapelet. Elle avait jeté un vieux châle violet sur sa robe d'apparat. Un jabot de dentelles « de toute beauté », avait-elle coutume de dire, ornait le corsage. Une longue chaîne d'or et de perles fines était retenue par une broche : des initiales énormes, un B et un F entrelacés.

« D'où sors-tu? On t'a cherché... Ce n'était guère poli. »

Il prit le bras de sa mère, se pressa contre elle :

« J'ai peur des gens — dit-il.

— Peur de Dussol? de Cazavieilh? Tu es fou, mon pauvre drôle.

1. Il y a peut-être là un souvenir de la légende hindoue, qui montre le vieux poète Valmiki, immobile dans son extase, se laissant dévorer par les fourmis. Cette légende a inspiré à Leconte de Lisle un de ses *Poèmes antiques*.

— Maman, ce sont des ogres.

— Le fait est, dit-elle rêveusement, qu'ils n'ont guère laissé de restes.

— Crois-tu que dans dix ans, il restera quelque chose de Jean-Louis ? Dussol va le dévorer peu à peu.

— Diseur de riens ! »

Mais le ton de Blanche Frontenac exprimait la tendresse : « Comprends-moi, mon chéri... J'ai hâte de voir Jean-Louis établi. Son foyer sera votre foyer ; lorsqu'il sera fondé, je m'en irai tranquille.

— Non, maman !

— Tiens, tu vois ? Je suis obligée de m'asseoir. »

Elle s'affaissa sur le banc du vieux chêne. Yves la vit glisser une main dans son corsage.

« Tu sais bien que ce n'est pas de mauvaise nature, Arnozan t'a cent fois rassurée...

— On dit ça... D'ailleurs, il y a ce rhumatisme au cœur... Vous ne savez pas ce que j'éprouve. Fais-toi à cette idée, mon enfant ; il faut te faire à cette idée... Tôt ou tard... »

De nouveau, il se serra contre sa mère et prit dans ses deux mains cette grande figure ravagée.

« Tu es là, dit-il, tu es toujours là. »

Elle le sentir frémir contre elle et lui demanda s'il avait froid. Elle le couvrit de son châle violet. Ils étaient enveloppés tous deux dans cette vieille laine.

« Maman, ce châle... tu l'avais déjà l'année de ma première communion, il a toujours la même odeur.

— Ta grand'mère l'avait rapporté de Salies. »

Une dernière fois, peut-être, comme un petit garçon, Yves se blottit contre sa mère vivante qui pouvait disparaître d'une seconde à l'autre. La Hure continuerait de couler dans les siècles des siècles. Jusqu'à la fin du monde, le nuage de cette prairie monterait vers cette première étoile (**32**).

« Je voudrais savoir, mon petit Yves, toi qui connais tant de choses... au ciel, pense-t-on encore à ceux qu'on a laissés sur la terre ? Oh ! je le crois ! je le crois ! répéta-t-elle avec force. Je n'accueille aucune pensée contre la Foi... mais comment imaginer un monde où vous ne seriez plus tout pour moi, mes chéris ? »

Alors, Yves lui affirma que tout amour s'accomplirait dans l'unique Amour, que toute tendresse serait allégée et purifiée de ce qui l'alourdit et de ce qui la souille... Et il s'étonnait des paroles qu'il prononçait. Sa mère soupira à mi-voix :

« Qu'aucun de vous ne se perde! »

Ils se levèrent et Yves était plein de trouble, tandis que la vieille femme apaisée s'appuyait à son bras.

« Je dis toujours : vous ne connaissez pas mon petit Yves; il fait la mauvaise tête, mais de tous mes enfants, il est le plus près de Dieu...

— Non, maman, ne dis pas ça, non! non! »

Brusquement, il se détacha d'elle.

« Qu'est-ce que tu as? Mais qu'est-ce qu'il a? »

Il la précédait, les mains dans les poches, les épaules soulevées; et elle s'essoufflait à le suivre (**33**).

Après le dîner, Mme Frontenac, fatiguée, monta dans sa chambre. Comme la nuit était claire, les autres membres de la famille se promenèrent dans le parc, mais non plus en bande : déjà la vie dispersait le groupe serré des garçons. Jean-Louis croisa Yves au tournant d'une allée, et ils ne s'arrêtèrent pas. L'aîné préférait demeurer seul pour penser à son bonheur; il n'avait plus le sentiment d'une diminution, d'une chute; certains propos de Dussol, touchant les ouvriers, avaient réveillé dans le jeune homme des préoccupations encore confuses : il ferait du bien, malgré son associé, il aiderait à promouvoir l'ordre social chrétien. Il ne se paierait pas de mots, agirait dans le concret. Quoi qu'Yves en pût penser, cela l'emportait sur toutes les spéculations. Le moindre mouvement de charité est d'un ordre infiniment plus élevé... Jean-Louis ne pourrait être heureux s'il faisait travailler des malheureux... « les aider à construire un foyer à l'image du mien... » Il vit luire le cigare d'oncle Xavier. Ils marchèrent quelque temps côte à côte.

« Tu es content, mon petit? Eh bien? Qu'est-ce que je te disais! »

Jean-Louis n'essayait pas d'expliquer à l'oncle les projets qui l'emplissaient d'enthousiasme; et l'oncle ne pouvait lui dire sa joie de rentrer à Angoulême... Il dédommagerait Joséfa à peu de frais... Peut-être doublerait-il son mois... Il lui dirait : « Tu vois, si nous avions fait ce voyage, il serait déjà fini... »

« D'abord, songeait Jean-Louis, avant tout apostolat, les

réformes essentielles : la participation aux bénéfices. » Il allait orienter toutes ses lectures de ce côté-là (**34**). [...]

Et aucun des Frontenac, cette nuit-là, n'eut le pressentiment qu'avec ces grandes vacances, une ère finissait pour eux; que déjà elles avaient été toutes mêlées de passé et qu'en se retirant, elles entraînaient à jamais les plaisirs simples et purs et cette joie qui ne souille pas le cœur.

Yves seul avait conscience d'un changement, mais c'était pour se forger plus d'illusions que tous les autres. Il se voyait au seuil d'une vie brûlante d'inspiration, d'expériences dangereuses. Or, il entrait, à son insu, dans une ère morne; pendant quatre années, les soucis d'examens le domineraient; il glisserait aux compagnies les plus médiocres; le trouble de l'âge, de pauvres curiosités le rendraient l'égal de ses camarades et leur complice. Le temps était proche où le grand problème à résoudre serait d'obtenir de sa mère la clef de l'entrée et le droit de rester dehors après minuit. Il ne serait pas malheureux. Parfois, à de longs intervalles, comme d'un être enseveli, un gémissement monterait du plus profond de lui-même; il laisserait s'éloigner les camarades; et seul, à une table du *Café de Bordeaux*, parmi les chardons et les femmes mafflues des mosaïques modern-style, il écrirait d'un jet, sur le papier à en-tête, sans prendre le temps de former ses lettres, de peur de perdre une seule de ces paroles qui ne nous sont soufflées qu'une fois. Il s'agirait alors d'entretenir la vie d'un autre lui-même qu'à Paris, déjà, quelques initiés portaient aux nues. Un si petit nombre, en vérité, qu'Yves mettrait bien des années à se rendre compte de son importance, à mesurer sa propre victoire. Provincial, respectueux des gloires établies, il ignorerait longtemps encore qu'il est une autre gloire : celle qui naît obscurément, fraie sa route comme une taupe, ne sort à la lumière qu'après un long cheminement souterrain.

Mais une angoisse l'attendait, et comment Yves Frontenac en eût-il pressenti l'horreur, à la fenêtre de sa chambre, en cette nuit de septembre humide et douce? Plus sa poésie rallierait de cœurs, et plus il se sentirait appauvri; des êtres boiraient de cette eau dont il devait être seul à voir la source se tarir. Ce serait la raison de cette méfiance de soi, de cette dérobade à l'appel de Paris, de la longue résistance opposée au directeur de la plus importante des revues d'avant-garde, et enfin de son hésitation à réunir ses poèmes en volume.

Yves à sa fenêtre, récitait sa prière du soir devant les cimes confuses de Bourideys et devant la lune errante. Il attendait tout, il appelait tout, et même la souffrance, mais non cette honte de survivre pendant des années à son inspiration; d'entretenir par des subterfuges sa gloire. Et il ne prévoyait pas que ce drame, il l'exprimerait, au jour le jour, dans un journal qui serait publié après une grande Guerre; il s'y résignerait, n'ayant plus rien écrit, depuis des années. Et ces pages atroces sauveraient la face; elles feraient plus pour sa gloire que ses poèmes; elles enchanteraient et troubleraient heureusement une génération de désespérés. Ainsi, dans cette nuit de septembre, peut-être Dieu voyait-il sortir de ce petit bonhomme rêveur devant les pins endormis, un étrange enchaînement de conséquences; et l'adolescent, qui se croyait orgueilleux, était bien loin de mesurer l'étendue de son pouvoir, et ne se doutait pas que le destin de beaucoup serait différent de ce qu'il eût été sur la terre et dans le ciel, si Yves Frontenac n'était jamais né (**35**).

Phot. Larousse, d'après un document communiqué par F. Mauriac.

François Mauriac à l'époque où il publiait *les Mains jointes* (1910).

Phot. X.

Claire Mauriac mère de François Mauriac.

Que les oiseaux et les sources sont loin ! Ce ne peut être que la fin du monde, en avançant.

RIMBAUD[1].

DEUXIÈME PARTIE

XIII

[Conseil de famille auquel participent Blanche et son beau-frère Caussade, Jean-Louis et son associé Dussol. Il s'agit de prendre une décision au sujet de José, qui a fait cinq mille francs de dettes en trois mois et a une liaison avec une danseuse de music-hall. Dussol propose de l'envoyer en Norvège comme agent commercial de la firme Frontenac et Dussol; il demande son avis à Jean-Louis.]

Le jeune homme répondit, sans regarder son associé, qu'il était, en effet, d'avis d'éloigner José de Bordeaux. Blanche dévisagea son fils aîné.

« Songe qu'Yves est déjà parti...

— Oh! celui-là, s'écria Dussol, justement, ma chère amie, il fallait le garder auprès de vous. Je regrette que vous ne m'ayez pas consulté. Rien ne l'appelait à Paris. Voyons, vous n'allez pas me parler de son travail? Je connais votre opinion, l'amour maternel ne vous aveugle pas, vous avez trop de bon sens. Je ne crois pas vous enlever d'illusions en vous disant que son avenir littéraire... Si je vous en parle, c'est en connaissance de cause; j'ai tenu à me rendre compte... J'ai même fait plusieurs lectures à haute voix à Mme Dussol qui, je dois le dire, m'a demandé grâce. Vous me direz qu'il a reçu quelques encouragements... d'où lui viennent-ils? je vous le demande? qui est ce M. Gide dont Jean-Louis m'a montré la lettre? Il existe un économiste de ce nom, un esprit fort distingué, mais il ne s'agit pas de lui, malheureusement[2]... »

Bien que Jean-Louis sût depuis longtemps que sa mère n'éprouvait aucune gêne à se contredire et qu'elle ne se piquait pas de logique, il fut stupéfait de la voir opposer à

1. A. Rimbaud, *Illuminations* (« Enfance », IV); **2.** *Charles Gide*, économiste français (1847-1932), théoricien du coopératisme. Il ne s'agit évidemment pas de lui, mais de son neveu André Gide (1869-1951) qui, dans ces premières années du XXe siècle où se situent ces événements, est déjà célèbre (*les Nourritures terrestres*, 1897; *l'Immoraliste*, 1902)

Dussol des arguments dont lui-même s'était servi contre elle, la veille au soir :

« Vous feriez mieux de ne pas parler de ce que vous ne pouvez comprendre, de ce qui n'a pas été écrit pour vous. Vous n'approuvez que ce qui vous est déjà connu, ce que vous avez lu ailleurs. Le nouveau vous choque et a toujours choqué les gens de votre sorte. N'est-ce pas, Jean-Louis? Il me disait que Racine lui-même avait déconcerté ses contemporains...

— Parler de Racine à propos des élucubrations de ce blanc-bec!

— Eh! mon pauvre ami! occupez-vous de vos bois et laissez la poésie tranquille. Ce n'est pas votre affaire, ni la mienne, — ajouta-t-elle pour l'apaiser, car il se gonflait comme un dindon et sa nuque était rouge.

— Madame Dussol et moi nous tenons au courant de ce qui paraît... Je suis le plus ancien abonné de *Panbiblion*[1]. J'ai même l'abonnement spécial aux revues. De ce côté-là, aussi, nous nous tenons à jour. « Ce qui donne tant d'agrément à la conversation de madame Dussol, me disait encore, l'autre soir, un de mes confrères du tribunal de Commerce, c'est qu'elle a tout lu, et comme elle a une mémoire étonnante, elle se souvient de tout et vous raconte le sujet d'un roman ou d'une pièce dont elle a pris connaissance, il y a des années, comme si elle en achevait la lecture à l'instant même ». Il a eu même ce mot : « C'est une bibliothèque vivante, une femme comme ça... »

— Elle a de la chance, dit Blanche. Moi, mon esprit est une passoire : rien n'y reste (**36**). »

Elle se diminuait ainsi, pour désarmer Dussol.

« Ouf! » soupira-t-elle, quand les vieux messieurs eurent pris congé.

Elle se rapprocha du feu, bien que les radiateurs fussent brûlants; mais depuis qu'elle habitait cette maison, elle ne s'habituait pas au chauffage central. Il fallait qu'elle vît le feu pour ne pas avoir froid, qu'elle se brûlât les jambes. Elle se lamentait. Perdre encore José! Et l'année prochaine, il voulait s'engager au Maroc[2]... Elle n'aurait pas dû laisser

1. Il n'existait pas de revue de ce nom mais une revue bibliographique du nom de *Polybiblion*, fondée en 1868, **2.** A la suite de la conférence d'Algésiras (1906), la France entreprit la pacification du royaume chérifien. Le protectorat français fut établi en 1912

Yves s'en aller, elle ne voulait pas en convenir devant Dussol, mais c'était vrai qu'il aurait pu aussi bien écrire à Bordeaux. Il ne faisait rien à Paris, elle en était sûre.

« Mais c'est toi, Jean-Louis, qui lui as mis cette idée en tête. De lui-même, il ne serait jamais parti.

— Sois juste, maman : depuis le mariage des sœurs, depuis que tu t'es installée avec elles dans cette maison, tu ne vis plus que pour leurs ménages, pour leurs gosses, et c'est très naturel! Mais Yves, au milieu de cette nursery, se sentait abandonné.

— Abandonné! moi qui l'ai veillé, toutes les nuits à l'époque de sa congestion pulmonaire...

— Oui, il disait qu'il était content d'être malade, parce qu'alors il te retrouvait...

— C'est un ingrat, et voilà tout. (Et comme Jean-Louis ne répondait pas)... Entre nous, que crois-tu qu'il fasse à Paris?

— Mais, il s'occupe de son livre, il voit d'autres écrivains, parle de ce qui l'intéresse. Il prend contact avec les revues, les milieux littéraires... Est-ce que je sais... »

Madame Frontenac secouait la tête. Tout cela ne signifiait rien. Quelle était sa vie? Il avait perdu tous ses principes...

« Pourtant sa poésie est profondément mystique (et Jean-Louis devint écarlate). Thibaudet[1] écrivait l'autre jour qu'elle postule une métaphysique...

— Tout ça, c'est des histoires... — interrompit madame Frontenac. Qu'est-ce que cela signifie, sa métaphysique, s'il ne fait pas ses Pâques... Un mystique! ce garçon qui ne s'approche même pas des sacrements! Allons, voyons! »

Comme Jean-Louis ne répondait rien, elle reprit :

« Enfin, quand tu traverses Paris, que te dit-il? Il te parle bien des gens qu'il voit? Entre frères...

— Des frères, dit Jean-Louis, peuvent se deviner, se comprendre jusqu'à un certain point... ils ne se confient pas.

— Qu'est-ce que tu me racontes? Vous êtes trop compliqués... »

Et Blanche, les coudes aux genoux, arrangea le feu.

« Mais José, maman?

— Ah! les garçons! Heureusement, toi, du moins (**37**)... »

1. *Albert Thibaudet*, critique littéraire (né à Tournus en 1874, mort en 1936). On lui doit d'importantes études sur Flaubert et Bergson et une originale *Histoire de la littérature française de 1789 à nos jours* (1936)

Elle regarda Jean-Louis. Était-il si heureux ? Il avait une lourde charge sur les épaules, des responsabilités, il ne s'entendait pas toujours avec Dussol ; et Blanche devait reconnaître qu'il manquait quelquefois de prudence, pour ne pas dire de bon sens. C'est très joli, d'être un patron social, mais, comme dit Dussol, au moment de l'inventaire, on s'aperçoit de ce que ça coûte. Blanche avait été obligée de donner raison à Dussol lorsqu'il s'était opposé à ces « conseils d'usine » où Jean-Louis voulait réunir les représentants des ouvriers et ceux de la direction. Il n'avait pas voulu entendre parler non plus des « commissions paritaires » dont Jean-Louis lui expliquait, sans succès, le mécanisme. Pourtant Dussol avait fini par céder sur un point, qui était, à vrai dire, celui auquel son jeune associé tenait le plus. « Laissons-lui tenter l'expérience, disait Dussol, ça coûtera ce que ça coûtera, il faut qu'il jette sa gourme... »

La grande idée de Jean-Louis était d'intéresser le personnel à la gestion de toute l'affaire. Avec le consentement de Dussol, il réunit les ouvriers et leur exposa son dessein : répartir, entre tous, des actions qui seraient attribuées au prorata des années de travail dans la maison. Le bon sens de Dussol triompha : les ouvriers trouvèrent le geste comique et n'attendirent pas un mois pour vendre leurs actions. « Je le lui avais assez dit, répétait Dussol. Il a bien fallu qu'il se rende à l'évidence. Je ne regrette pas ce que ça a coûté. Maintenant il connaît son monde, il ne se fait plus d'illusions. D'ailleurs, le plus drôle, c'est que les ouvriers m'admirent d'être malin, ils savent qu'on ne me la fait pas, et puis je sais leur parler, ils me sont attachés ; tandis que lui, avec toutes ses idées socialistes, le personnel le juge fier, distant ; c'est toujours moi qu'ils viennent trouver. »

[La mère et son fils aîné font comparaître José et lui annoncent la décision qui a été prise à son égard : il partira.]

Était-il ému ? Il alla s'asseoir sur le divan où il reçut la lumière en plein visage. Il avait maigri, les tempes mêmes semblaient creusées. Il demanda d'une voix sans expression quand il partirait ; et comme sa mère lui répondait « en janvier, après les fêtes... » il dit :

« Je préférerais le plus tôt possible. »

Il prenait bien la chose. Tous se passerait au mieux, se disait Blanche. Pourtant, elle n'était pas tranquille, elle essayait de se rassurer. Il ne lui échappait pas que Jean-Louis, lui aussi, observait son cadet. Tout autre qu'eux se fût réjoui de ce calme. Mais la mère et le frère étaient avertis, ils communiquaient avec cette souffrance, ils avaient part physiquement à ce désespoir, désespoir d'enfant, le pire de tous, le moins déchiffrable et qui ne se heurte à aucun obstacle de raison, d'intérêt, d'ambition... Le frère aîné ne perdait pas des yeux le prodigue et la mère s'était levée. Elle alla vers José, lui prit le front dans ses deux mains, comme pour le réveiller, comme pour le tirer d'un sommeil d'hypnose.

« José, regarde-moi. »

Elle parlait sur un ton de commandement, et lui, d'un geste d'enfant, secouait la tête, fermait les yeux, cherchait à se dégager. Cela qu'elle n'avait pas connu, cette douleur d'amour, Blanche la déchiffrait sur la dure face obscure de son fils. Il guérirait, bien sûr! Ça ne durerait guère... seulement, il s'agissait d'atteindre l'autre bord, et de ne pas périr pendant la traversée. Il lui avait toujours fait peur, ce garçon; quand il était petit, Blanche ne prévoyait jamais comment il réagirait. S'il avait parlé, s'il s'était plaint... Mais non, il était là, les mâchoires serrées, opposant à sa mère cette figure calcinée d'enfant landais... (peut-être quelque aïeule avait-elle été séduite par l'un de ces catalans qui vendent les allumettes de contrebande)[1]. Ses yeux brûlaient, mais ils brûlaient noir et ne livraient rien.

Alors Jean-Louis, s'approchant à son tour, lui saisit les deux épaules et le secoua sans rudesse. Il répéta plusieurs fois : « mon vieux José, mon petit... » et il obtint ce que n'avait pu obtenir leur mère, il le fit pleurer. C'est qu'à la tendresse de sa mère, José était accoutumé et il n'y réagissait plus. Mais il n'était jamais arrivé à Jean-Louis de se montrer tendre avec lui. C'était tellement inattendu, qu'il dut succomber à la surprise. Ses larmes jaillirent, il étreignit son frère comme un noyé. D'instinct, madame Frontenac avait détourné la tête et était revenue près de la cheminée. Elle entendait des balbutiements, des hoquets; penchée vers le feu, elle avait joint les mains à la hauteur de sa bouche (**38**).

Les deux garçons se rapprochèrent :

« Il sera raisonnable, maman, il me l'a promis. »

1. La bâtardise pourrait être aussi un élément du « mystère » Frontenac.

Elle attira contre elle, pour l'embrasser, l'enfant malheureux.

« Mon chéri, tu ne feras plus jamais cette figure ? »

Il la ferait une fois encore, cette figure terrible, quelques années plus tard, au déclin d'un beau jour clair et chaud, vers la fin d'août 1915, à Mourmelon, entre deux baraquements. Nul n'y prêterait d'attention, pas même le camarade en train de le rassurer : « Il paraît qu'il va y avoir une préparation d'artillerie foudroyante, tout sera haché ; nous n'aurons plus qu'à avancer l'arme à la bretelle ; les mains dans les poches... » José Frontenac lui opposerait ce même visage, vidé de toute espérance, mais qui, ce jour-là, ne ferait plus peur à personne (**39**).

XIV

[Jean-Louis rentre chez lui. Mais sa femme, Madeleine, ne lui pose pas de questions sur les décisions qui ont été prises au sujet de José. C'est Jean-Louis qui en parle le premier.]

« Eh bien, chérie, tu ne me demandes pas ?... »

Elle leva vers lui des yeux gonflés et endormis.

« Quoi ?

— José, dit-il, ç'a été toute une affaire. Dussol, l'oncle Alfred n'ont pas osé insister pour Winnipeg... Il ira en Norvège.

— Ce ne sera pas une punition... On doit pouvoir chasser le canard, là-bas ; il ne lui en faut pas plus.

— Tu crois ? Si tu l'avais vu... il l'aimait, ajouta Jean-Louis, et il devint très rouge.

— Cette fille ?

— Il n'y a pas de quoi se moquer... » Et il répéta : « si tu l'avais vu ! »

Madeleine sourit d'un air malin et entendu, haussa les épaules et se resservit. Elle n'était pas une Frontenac ; à quoi bon insister ? Elle ne comprendrait pas. Elle n'était pas une Frontenac. Il chercha à se souvenir de la figure que faisait José, des mots qu'il avait balbutiés. La passion inconnue...

« Danièle est venue très gentiment prendre le thé avec moi. Elle m'a apporté ce modèle de brassière, tu sais, celui dont je t'avais parlé. »

Le raisonnable Jean-Louis n'en revient pas d'envier cette mortelle folie. Plein de dégoût pour lui-même, il regarda sa femme qui pétrissait une boulette de pain.

« Quoi ? demanda-t-il.

— Mais rien... je ne disais rien, à quoi bon ? Tu n'écoutes pas. Tu ne réponds jamais.

— Tu disais que Danièle est venue ?

— Tu ne le répéteras pas ? Ceci entre nous, bien entendu. Je crois que son mari en a assez de la cohabitation avec ta mère. Dès qu'il va être augmenté, il a l'intention de déménager.

— Ils ne feront pas ça. Maman a acheté cette maison en partie pour eux ; ils ne paient pas de loyer.

— C'est ce qui les retient... Mais elle est si fatigante à vivre... Tu le reconnais toi-même. Tu me l'as dit cent fois...

— L'ai-je dit ? Oui, je suis bien capable de l'avoir dit.

— D'ailleurs Marie, elle, resterait ; son époux est plus patient et, surtout, plus près de ses intérêts. Jamais il ne renoncera à l'avantage de la situation. »

Jean-Louis se représentait sa mère sous l'aspect un peu dégradé d'une vieille métayère que les enfants se renvoient de l'un à l'autre. Madeleine insistait.

« Je l'aime bien, et elle m'adore. Mais je sais, moi, que je n'aurais pas pu vivre avec elle. Ah ! ça ! non...

— Elle, en revanche, aurait été capable de vivre avec toi. »

Madeleine observa son mari d'un air inquiet.

« Tu n'es pas fâché ? Ça ne m'empêche pas de l'aimer, c'est une question de caractère. »

Il se leva et alla embrasser sa femme pour lui demander pardon des choses qu'il pensait (**40**).

[On apporte à Jean-Louis deux lettres : l'une est d'une ouvrière qui sollicite assez bassement des secours ; l'autre est d'Yves. Jean-Louis se retire dans sa bibliothèque pour la lire.]

Jean-Louis aimait sa bibliothèque ; là, les critiques d'Yves ne portaient plus. Aucun autre objet que les livres, la cheminée même en était couverte. Il ferma avec soin la porte, s'assit à sa table, soupesa la lettre de son frère. Il se réjouit de ce qu'elle était plus lourde que les autres. Il l'ouvrit avec soin, sans abîmer l'enveloppe. En bon Frontenac, Yves donnait d'abord des nouvelles d'oncle Xavier avec qui il déjeunait tous les jeudis. Le pauvre oncle, qu'avait terrifié l'établissement à Paris d'un de ses neveux, avait tout fait pour en détourner Yves. Les Frontenac feignaient de ne pas connaître les raisons de cette résistance. « Il s'est calmé, écrivait Yves, il sait aujourd'hui que Paris est assez grand pour qu'un neveu ne s'y trouve jamais nez à nez avec un oncle en compagnie galante... Eh bien, si! je les ai vus, l'autre jour, sur les Boulevards, et je les ai même suivis à distance. C'est une grande bringue blondasse qui a dû avoir un certain éclat, il y a vingt ans. Croirais-tu qu'ils sont entrés dans un bouillon Duval[1]! Il avait sans doute acheté un cigare de trois sous. Moi, il m'amène toujours chez Prunier et m'offre, après le dessert, un Bock ou un Henri Clay. C'est que moi, je suis un Frontenac... Figure-toi que j'ai vu Barrès... » Il racontait longuement cette visite[2]. La veille, un camarade lui avait rapporté ce mot du maître : « Quel ennui! il va falloir que je donne à ce petit Frontenac une idée de moi conforme à son tempérament[3]... » Ce qui n'avait pas laissé de refroidir Yves. « Je n'étais pas tout à fait aussi intimidé que le grand homme, mais presque. Nous sommes sortis ensemble. Une fois dehors, l'amateur d'âmes s'est dégelé. Il m'a dit... voyons, je ne voudrais pas perdre une seule de ses précieuses paroles, il m'a dit... »

Non, ce n'était pas ce qu'avait dit Barrès qui intéressait Jean-Louis. Il lisait rapidement pour atteindre enfin l'endroit où Yves commencerait à parler de sa vie à Paris, de son travail, de ses espérances, des hommes et des femmes qu'il fréquentait. Jean-Louis tourna une page et ne put retenir une exclamation de dépit. Yves avait raturé chaque ligne, et il en était de même au verso et sur le feuillet suivant. Il ne lui avait pas suffi de barrer les pages, mais le moindre mot disparaissait sous un gribouillis dont les boucles s'enchevêtraient. Peut-être, sous ces rageuses ratures, gisaient les secrets du petit frère. Il devait y avoir un moyen de déchiffrage, se disait Jean-Louis, des spécialistes existaient sans doute... Non, impossible de livrer une

1. Les *bouillons Duval* étaient des restaurants à prix modique; ces établissements avaient de nombreuses succursales dans Paris. *Prunier* est, au contraire, un restaurant de luxe; **2.** C'est en 1910 que Maurice Barrès consacrait aux *Mains jointes* un article élogieux qui lança François Mauriac. Barrès est aussi le maître de Jean-Paul, héros de *l'Enfant chargé de chaînes* (1913); **3.** On ne saurait mieux définir la volonté de séduire et le charme naturel de Barrès, qui frappèrent le jeune provincial Mauriac. Voir *la Rencontre avec Barrès* (1945).

lettre d'Yves à un étranger. Jean-Louis se souvint d'une loupe qui traînait sur sa table (encore un cadeau de noces!) et il se mit à étudier chaque mot barré avec la même passion que si le sort du pays eût été en jeu. La loupe ne lui servit qu'à découvrir les moyens dont Yves avait usé pour prévenir cet examen : non seulement il avait réuni les mots par des lettres de hasard, mais encore il avait tracé partout de faux jambages. Après une heure d'efforts, le grand frère n'avait obtenu que des résultats insignifiants; du moins pouvait-il mesurer l'importance de ces pages à cette application d'Yves pour les rendre indéchiffrables (**41**).

Jean-Louis reposa ses mains sur la table, et il entendit dans le silence nocturne de la rue, deux hommes qui parlaient à tue-tête. Le dernier tram sonna, cours Balguerie. Le jeune homme fixait, de ses yeux fatigués, la lettre mystérieuse. Pourquoi ne pas prendre l'auto? Il roulerait toute la nuit, débarquerait avant midi chez son frère... Hélas! il ne pouvait voyager seul qu'à propos d'une affaire. Aucun prétexte d'affaires en ce moment. Il lui arrivait de se rendre à Paris, trois fois en quinze jours, pour quelques milliers de francs; mais pour sauver son frère, nul ne comprendrait. Le sauver de quoi?

Il n'y avait rien dans ces confidences reprises qui sans doute n'eût déçu Jean-Louis. C'était moins par pudeur que par discrétion qu'Yves avait tout effacé. « En quoi tout cela peut-il l'intéresser? s'était-il dit. Et puis, il n'y comprendrait rien... » Il n'entrait, dans ce dernier jugement, aucun mépris. Mais à distance, Yves se faisait des siens une image de simplicité et de pureté. Les êtres, au milieu desquels il évoluait à Paris, lui apparaissaient d'une espèce étrange avec laquelle sa race campagnarde ne pouvait prétendre à aucun contact. « Tu ne les comprendrais même pas, avait-il écrit (sans se douter qu'il bifferait tout cela, avant d'avoir achevé sa lettre), tellement ils parlent vite, et toujours avec des allusions à des personnes dont on est censé connaître le prénom et les habitudes sexuelles. Avec eux, je suis toujours en retard de deux ou trois phrases, je ris cinq minutes après les autres. Mais comme il est admis que je possède une espèce de génie, cette lenteur à les suivre fait partie de mon personnage et ils la portent à mon crédit. La plupart, d'ailleurs, ne m'ont pas lu, ils font semblant. Ils m'aiment pour moi-même et non pour mon œuvre. Mon vieux Jean-Louis, à Bordeaux, nous ne nous doutions pas que d'avoir vingt ans pût apparaître aux autres comme une merveille. C'était bien à notre insu que nous détenions un trésor. La jeunesse n'a pas cours dans nos milieux : c'est l'âge ingrat, l'âge de la bourre[1], une époque de boutons, de furoncles, de mains moites, de choses sales. Les gens d'ici s'en font une idée plus flatteuse. Ici, il n'y a pas de furoncle qui tienne, tu deviens du jour au lendemain l'enfant Septentrion[2]. Parfois, une dame, qui se dit folle de tes poèmes, veut les entendre de ta bouche et tu vois sa gorge se lever et s'abaisser avec une telle rapidité qu'il y aurait de quoi entretenir un feu de forge. Cette année, toutes les portes s'ouvrent devant ma « merveilleuse jeunesse », des salons très fermés. Là aussi, la littérature n'est qu'un prétexte. Personne, au fond, n'aime ce que je fais, ils n'y comprennent rien. Ce n'est pas ça qu'ils aiment; « ils aiment les êtres » qu'ils disent; je suis un être, et tu en es un autre, sans t'en douter. Ces ogres et ces ogresses n'ont heureusement plus de dents et en sont réduits à vous manger des yeux. Ils ignorent d'où je viens, ils ne s'inquiètent pas de savoir si j'ai une maman. Je les haïrais, rien que parce qu'aucun d'entre eux ne m'a jamais demandé des nouvelles de maman. Ils ne savent pas ce qu'est un Frontenac, même sans particule. Le mystère Frontenac, ils n'en soupçonnent pas la grandeur. Je pourrais être le fils d'un forçat, sortir de prison, cela ne ferait rien, peut-être même que ça leur plairait... Il suffit que j'aie vingt ans, que je me lave les mains et le reste, et que je détienne ce qui s'appelle une situation littéraire pour expliquer ma présence au milieu des ambassadeurs et des membres de l'Institut, à leur table fastueuse... fastueuse, mais où les vins sont généralement mal servis, trop froids, dans des verres trop petits. Et comme dirait maman, on n'a que le temps de tordre et d'avaler (**42**)... »

C'est à cet endroit qu'Yves s'était interrompu, et qu'après réflexion, il avait effacé jusqu'au moindre mot, sans imaginer qu'il risquait ainsi d'égarer davantage son aîné. Celui-ci fixait les yeux sur ces hiéroglyphes et profitant de ce qu'il

1. *Bourre :* partie cotonneuse de certains bourgeons : au sens figuré, laideur qui précède l'épanouissement de l'âge adulte; **2.** *L'enfant Septentrion :* image romantique du jeune poète venu des brumes du nord.

était seul pour se livrer à son tic[1], il passait lentement sa main repliée sur son nez, sur sa moustache, sur ses lèvres...

Après avoir glissé la lettre d'Yves dans son portefeuille, il regarda l'heure, Madeleine devait s'impatienter. Il s'accorda dix minutes encore de solitude et de silence, prit un livre, l'ouvrit, le referma. Faisait-il semblant d'aimer les vers? Il n'avait jamais envie d'en lire. D'ailleurs, il lisait de moins en moins. Yves lui avait dit : « Tu as bien raison, ne t'encombre plus la mémoire, il faut oublier tout ce dont nous avons eu la bêtise de la gaver... » Mais ce que disait Yves... Depuis qu'il habitait Paris, on ne savait jamais s'il parlait sérieusement, et lui-même l'ignorait peut-être.

Jean-Louis vit, sous la porte, luire la lampe de chevet, cela signifiait un reproche; cela voulait dire : « A cause de toi, je ne dors pas; je préfère attendre que d'être réveillée au milieu de mon premier sommeil. » Il se déshabilla tout de même en faisant le moins de bruit possible, et entra dans la chambre.

Elle était vaste, et malgré les moqueries d'Yves, Jean-Louis n'y pénétrait jamais sans être ému. La nuit, d'ailleurs, recouvrait et fondait les cadeaux, les bronzes, les amours. Des meubles, on ne discernait que la masse. Amarré à l'immense lit, le berceau[2] était vraiment une nacelle, il semblait suspendu, comme si le souffle de l'enfant eût suffi à gonfler les rideaux purs. Madeleine ne voulut pas que Jean-Louis s'excusât.

« Je ne m'ennuyais pas, dit-elle, je réfléchissais...

— A quoi donc?

— Je pensais à José », dit-elle.

Il s'attendrit. Maintenant qu'il ne l'espérait plus, elle en venait d'elle-même au sujet qui lui tenait le plus à cœur.

« Chéri, j'ai une idée pour lui... Réfléchis avant de dire non... Cécile... oui, Cécile Filhot... Elle est riche; elle a été élevée à la campagne et a toujours vu les hommes se lever avant le soleil pour la chasse et se coucher à huit heures. Elle sait qu'un chasseur n'est jamais là. Il serait heureux. Il a dit, un jour devant moi, qu'il la trouvait bien. « J'aime ces grandes carcasses de femmes... » Il a dit ça.

1. Sa femme, Madeleine, lui reproche sans cesse de se livrer à ce tic;
2. C'est le berceau de leur bébé, une petite fille dont il a été question au début du chapitre, non reproduit ici

— Il ne voudra jamais... Et puis ses trois ans de service[1], l'année prochaine... Il rêve toujours du Maroc, ou du Sud-Algérien.

— Oui, mais il serait fiancé, ça le retiendrait. Et puis peut-être que papa pourrait le faire réformer au bout d'un an, comme le fils...

— Madeleine! Je t'en prie[2]! »

Elle se mordit les lèvres. L'enfant jeta un cri; elle tendit le bras et le berceau fit un bruit de moulin. Jean-Louis songeait à ce désir qu'avait José de s'engager au Maroc (depuis qu'il avait lu un livre de Psichari[3])... Fallait-il le retenir ou le pousser dans cette voie?

Et soudain, Jean-Louis énonça :

« Le marier... ce ne serait pas une mauvaise idée. »

Il pensait à José, mais aussi à Yves. Cette chambre tiède et qui sentait le lait, avec ses tentures, ses fauteuils capitonnés, cette petite vie vagissante, cette jeune et lourde femme féconde, là était le refuge pour les enfants Frontenac, dispersés hors du nid natal, et que les pins des grandes vacances ne gardaient plus, à l'abri de la vie, dans le parc étouffant. Chassés du paradis de l'enfance, exilés de ses prairies, des vergnes frais, des sources dans les fougères mâles, il fallait les entourer de tentures, de meubles, de berceaux, et que chacun d'eux y creusât son trou...

Ce Jean-Louis, si soucieux de protéger ses frères et de les mettre à l'abri, était le même qui, en prévision de la guerre attendue, faisait chaque matin des exercices pour développer ses muscles. Il s'inquiétait de savoir s'il pourrait passer de l'auxiliaire dans le service armé. Aucun n'eût, plus simplement que lui, donné sa vie. Mais tout se passait, chez les Frontenac, comme s'il y avait eu communication entre l'amour des frères et celui de la mère, ou comme si

1. Détail qui semblerait situer les événements de ce chapitre en 1913, puisque le service militaire fut porté de deux à trois ans en juillet de cette année-là; toutefois, les chapitres suivants et en particulier le début du chapitre XVII montrent que les faits relatés ici sont forcément antérieurs à 1913; **2.** Fille d'un conseiller général, Madeleine a toujours pensé que les interventions de son père pourraient être utiles; dès l'adolescence, Jean-Louis était agacé par ce genre de réflexion, qui heurte sa droiture; **3.** *Ernest Psichari* (1883-1914), fils du philologue Jean Psichari, petit-fils d'Ernest Renan par sa mère, disciple de Ch. Péguy. Il écrivit, après son séjour en Mauritanie et sa conversion, *l'Appel aux armes* (1913). José a plutôt lu *les Terres du soleil et du sommeil* (1908), où Psichari livre ses impressions du Congo, où il alla en 1907, quand il participa à la mission Lenfant. *Le Voyage du centurion* (1913) est plus particulièrement la relation de sa conversion.

ces deux amours avaient eu une source unique. Jean-Louis éprouvait, à l'égard de ses cadets, et même pour José que l'Afrique attirait, la sollicitude inquiète et presque angoissée de leur mère. Ce soir-là, surtout : le désespoir sans cri de José, ce silence avant la foudre, l'avait ému; mais moins peut-être que les pages d'Yves, indéchiffrables; et en même temps la lettre quémandeuse de l'ouvrière, pareille à tant d'autres qu'il recevait, l'avait atteint au plus profond, avait élargi une blessure. Il n'était pas encore résigné à prendre les hommes pour ce qu'ils sont. Leurs naïves flagorneries l'irritaient, et surtout leur maladresse à feindre les sentiments religieux lui faisait mal. Il se souvint de ce garçon de dix-huit ans qui avait demandé le baptême, qu'il avait instruit lui-même avec amour... Or, il découvrit, peu de jours après, que son filleul avait déjà été baptisé par les soins d'une œuvre protestante, dont il avait emporté la caisse. Et sans doute, Jean-Louis savait que c'était là un cas particulier et que les belles âmes ne manquent pas; sa malchance (ou plutôt un défaut de psychologie, une certaine impuissance à juger les êtres) l'avait toujours voué à ces sortes de mésaventures. Sa timidité, qui prenait l'aspect de la raideur, éloignait les simples, mais n'effrayait pas les flatteurs ni les hypocrites.

Étendu à plat sur le dos, il regardait le plafond, doucement éclairé par la lampe, et sentait son impuissance à rien changer au destin d'autrui. Ses deux frères feraient, ici-bas, ce pour quoi ils étaient venus, et tous les détours les ramèneraient infailliblement au point où on les attendait, où Quelqu'un les épiait...

« Madeleine, demanda-t-il soudain à mi-voix, crois-tu qu'on puisse quelque chose pour les autres? »

Elle tourna vers lui son visage à demi recouvert de sommeil, écarta ses cheveux.

« Quoi? demanda-t-elle.

— Je veux dire, penses-tu qu'après beaucoup d'efforts, on puisse transformer, si peu que ce soit, la destinée d'un homme (**43**)?

— Oh! toi, tu ne penses qu'à cela, changer les autres, les changer de place, leur donner des idées différentes de celles qu'ils ont...

— Peut-être (et il se parlait à lui-même) ne fais-je que renforcer leurs tendances; quand je crois les retenir, ils concentrent leurs forces pour se précipiter dans leur direction, à l'opposé de ce que j'aurais voulu... »

Elle étouffa un bâillement :

« Qu'est-ce que ça peut faire, chéri ?

— Après la Cène, ces paroles tristes et douces du Sauveur à Judas, on dirait qu'elles le poussent vers la porte, qu'elles l'obligent à sortir plus vite[1]...

— Sais-tu l'heure qu'il est ? Plus de minuit... Demain matin, tu ne pourras pas te lever. »

Elle éteignit la lampe, et il était couché dans ces ténèbres comme au fond d'une mer dont il eût senti sur lui le poids énorme. Il cédait à un vertige de solitude et d'angoisse. Et soudain, il se rappela qu'il avait oublié de réciter sa prière. Alors, cet homme fit exactement ce qu'il aurait fait à dix ans, il se leva sans bruit de sa couche et se mit à genoux sur la descente de lit, la tête dans les draps. Le silence n'était troublé par aucun souffle ; rien ne décelait qu'il y eût dans cette chambre une femme et un petit enfant endormis. L'atmosphère était lourde et chargée d'odeurs mêlées, car Madeleine redoutait l'air du dehors, comme tous les gens de la campagne ; son mari avait dû s'habituer à ne plus ouvrir les fenêtres, la nuit.

Il commença par invoquer l'Esprit : « *Veni, Sancte Spiritus, reple tuorum corda fidelium et tui amoris in eis ignem accende...* » Mais tandis que ses lèvres prononçaient la formule admirable, il n'était attentif qu'à cette paix qu'il connaissait bien, et qui en lui, sourdait de partout comme un fleuve lorsqu'il naît : oui, active, envahissante, conquérante, pareille aux eaux d'une crue. Et il savait, par expérience, qu'il ne fallait tenter aucune réflexion, ni céder à la fausse humilité qui fait dire : « Cela ne signifie rien, c'est une émotion à fleur de peau... » Non, ne rien dire, accepter ; aucune angoisse ne subsistait... Quelle folie d'avoir cru que le résultat apparent de nos efforts importe tant soit peu... Ce qui compte, c'est ce pauvre effort lui-même pour maintenir la barre, pour la redresser, — surtout pour la redresser... Et les fruits inconnus, imprévisibles, inimaginables de nos actes se révéleront un jour dans la lumière, ces fruits

1. Cf. : « Jésus tend à Judas le morceau de pain qui le désigne à jamais. Le malheureux ouvre la porte, disparaît dans les ténèbres » (*le Jeudi saint*, p. 28). La parole de Jésus à Judas : « Ce que tu as à faire, fais-le promptement » est dans l'Evangile de saint Jean (XIII, 27).

de rebut, ramassés par terre, que nous n'osions pas offrir... Il fit un bref examen de conscience : oui, demain matin, il pourrait communier. Alors il s'abandonna. Il savait où il se trouvait, et continuait d'être sensible à l'atmosphère de la chambre. Une seule pensée obsédante : c'était qu'en ce moment il cédait à l'orgueil, il cherchait un plaisir... « Mais au cas où ce serait Vous, mon Dieu... »

Le silence de la campagne avait gagné la ville. Jean-Louis demeurait attentif au tic-tac de sa montre, il discernait, dans l'ombre, l'épaule soulevée de Madeleine. Tout lui était perceptible et rien ne le distrayait de l'essentiel. Certaines questions traversaient le champ de sa conscience mais, aussitôt résolues, disparaissaient. Par exemple, il voyait, dans un éclair, au sujet de Madeleine, que les femmes portent en elles un monde de sentiments plus riche que le nôtre, mais le don de les interpréter, de les exprimer leur manque : infériorité apparente. Et de même, le peuple. La pauvreté de leur vocabulaire... Jean-Louis sentit qu'il s'éloignait du large vers la terre, qu'il ne perdait plus pied, qu'il touchait le fond, qu'il marchait sur la plage, qu'il s'éloignait de son amour. Il fit le signe de la croix, se glissa dans le lit et ferma les yeux. A peine entendit-il une sirène sur le fleuve. Les premières voitures des maraîchers ne l'éveillèrent pas (**44**).

XV

[Yves Frontenac, qui fait une randonnée en voiture avec des amis parisiens, passe par Bordeaux : il rend une rapide visite à sa mère. Après être allée à Guéthary, sur la côte basque, la bande passe de nouveau par Bordeaux, deux jours après; Yves, non sans un secret remords, se dispense cette fois d'aller voir Blanche; il se console en se disant que, trois semaines plus tard, il ira passer ses vacances près d'elle dans la propriété de Respide.

La vie parisienne reprend Yves : un soir, peu après son retour, il reçoit un coup de téléphone de sa mère. Frappée d'une crise de rhumatisme aiguë, elle est envoyée par son médecin aux eaux de Dax; elle demande à Yves de venir la rejoindre.]

Le lendemain, il n'y songeait plus. La vie ordinaire reprit. Il s'amusait, ou plutôt, il suivait, jusqu'à l'aube, les traces d'une femme qui, elle, s'amusait. Comme il rentrait au petit jour, il dormait tard. Un matin, le timbre de l'entrée l'éveilla.

Il crut que c'était le facteur des lettres recommandées, entrebâilla la porte et vit Jean-Louis. Il l'introduisit dans le cabinet dont il poussa les volets : un brouillard de soufre couvrait les toits. Il demanda à Jean-Louis, sans le regarder, s'il venait à Paris pour affaires. La réponse fut, à peu près, telle qu'il l'attendait : leur mère n'allait pas très bien ces jours-ci, Jean-Louis était venu chercher Yves, pour le décider à partir plus tôt. Yves regarda Jean-Louis : il portait un costume gris, une cravate noire à pois blancs. Yves demanda pourquoi on ne lui avait pas télégraphié ou téléphoné.

« J'ai eu peur qu'une dépêche te saisisse. Au téléphone, on ne comprend pas.

— Sans doute, mais tu n'aurais pas été obligé de quitter maman. Je m'étonne que tu aies pu la laisser, fût-ce pour vingt-quatre heures... Pourquoi es-tu venu ? Puisque tu es venu... »

Jean-Louis le regardait fixement. Yves, un peu pâle, sans élever la voix, demanda :

« Elle est morte ? »

Jean-Louis lui prit la main, ne le perdant pas des yeux. Alors Yves murmura « qu'il le savait ».

« Comment le savais-tu ? »

Il répétait « je le savais », tandis que son frère donnait en hâte des détails qu'Yves n'avait pas encore songé à demander.

« C'est lundi soir, non, mardi... qu'elle s'est plainte pour la première fois... »

Tout en parlant, il s'étonnait du calme d'Yves ; il était déçu, et pensait qu'il aurait pu s'épargner ce voyage, demeurer près du corps de sa mère, tant qu'il était là encore, ne perdre aucune minute. Il ne pouvait deviner qu'un simple scrupule « fixait » la douleur d'Yves, comme ces abcès que le médecin provoque. Sa mère avait-elle su qu'il avait retraversé Bordeaux, sans l'embrasser au passage ? En avait-elle souffert ? Était-il un monstre d'y avoir manqué ? S'il avait fait cette halte, au retour de Guéthary, sans doute ne fût-il rien advenu de plus qu'à l'aller : quelques recommandations, des rappels de prudence, un embrassement ; elle l'aurait suivi jusqu'au palier, se serait penchée sur la rampe, l'aurait regardé descendre le plus longtemps possible. D'ailleurs, s'il ne l'avait revue, du moins avait-il perçu sa voix dans le téléphone ; il la comprenait bien, mais elle, pauvre femme, entendait mal... Il demanda à Jean-Louis si elle avait eu le temps de le nommer. Non : comme elle pensait revoir son « Parisien », elle avait paru plus occupée de José, qui était au Maroc. Les larmes d'Yves jaillirent enfin, et Jean-Louis en éprouva du soulagement. Lui, demeurait calme, — diverti de sa douleur. Il regardait cette pièce où régnait encore le désordre de la veille, où le goût russe de ces années-là[1] se trahissait dans la couleur du divan et des coussins; mais celui qui l'habitait, songeait Jean-Louis, n'avait dû s'en amuser que peu de jours; on le devinait indifférent à ces choses. Jean-Louis trahissait, un instant, sa mère morte au profit de son frère vivant, — tout occupé à observer autour de lui, à chercher des vestiges, des signes... Une seule photographie : celle de Nijinski dans le *Spectre de la Rose*[2]. Jean-Louis leva les yeux vers Yves debout contre la cheminée, — frêle dans son pyjama bleu, les cheveux en désordre, et qui faisait, pour pleurer, la même grimace que quand il était petit. Son frère lui dit doucement d'aller s'habiller, et, seul, continua d'interroger du regard ces murs, cette table pleine de cendres, cette moquette brûlée (**45**).

XVI

Tout ce que la paroisse pouvait fournir de prêtres et d'enfants de chœur, précédait le char. Yves, au milieu de ses deux frères et de l'oncle Xavier, sentait profondément le ridicule de leurs figures ravagées dans le jour brutal, de son habit, de son chapeau de soie (José portait l'uniforme de l'infanterie coloniale). Yves observait la physionomie des gens sur le trottoir, ce regard avide des femmes. Il ne souffrait pas, il ne sentait rien, il entendait, par bribes, les propos qu'échangeaient, derrière lui, oncle Alfred[3] et Dussol[4]. (On avait dit à ce dernier : « Vous êtes de la famille, voyons! Vous marcherez immédiatement après nous... »)

1. Les *Ballets russes* de Serge de Diaghilev influencèrent la décoration et la mode. « Le style « ballets russes », s'installant dans nos intérieurs, colorant avec hardiesse nos tentures et nos coussins, ne laissa pas de briller même sur les vêtements féminins » (Maurice Brillant, « l'Influence multiforme des ballets russes », *Revue musicale*, 1er déc. 1930, p. 96); **2.** Ballet composé sur une musique de Weber *(l'Invitation à la valse)*, orchestrée par Berlioz. Décors et costumes de Bakst; chorégraphie de Fokine (1911). — *Nijinski* est le plus célèbre danseur des « Ballets russes »; **3.** L'oncle Caussade, qui a épousé la sœur de Blanche; **4.** L'associé de Jean-Louis.

« C'était une femme de tête, disait Dussol. Je ne connais pas de plus bel éloge. J'irai jusqu'à dire : c'était une femme d'affaires. Du moins le serait-elle devenue avec un mari qui l'aurait formée.

— En affaires, remarqua Caussade, une femme peut se permettre beaucoup de choses qui nous sont défendues.

— Dites donc, Caussade, vous vous la rappelez, lors de l'affaire Métairie ? Métairie, vous savez bien, le notaire qui avait levé le pied ? Elle en était pour soixante mille francs. A minuit, elle vient me chercher et me supplie de l'accompagner chez madame Métairie. Blanche lui a fait signer une reconnaissance de dettes... Ce n'était pas drôle. Il fallait du cran... Elle en a eu pour dix ans de procès ; mais à la fin, elle a été payée intégralement, et avant tous les autres créanciers. C'est beau, ça.

— Oui, mais elle nous a souvent répété que s'il ne s'était agi de l'argent de ses enfants, dont elle avait la gestion, elle n'aurait jamais eu ce courage...

— C'est possible, parce qu'elle a eu, à certaines époques, la maladie du scrupule : son seul point faible... »

Oncle Alfred protesta, d'un air cafard, « que c'était ce qu'il y avait d'admirable en elle ». Dussol haussait les épaules :

« Allons, laissez-moi rire. Je suis un honnête homme, quand on veut parler d'une maison honnête, on cite la nôtre... Mais nous savons ce que c'est que les affaires. Blanche s'y serait mise, oui... Elle aimait l'argent. Elle n'en rougissait pas.

— Elle préférait la terre.

— Elle n'aimait pas la terre pour elle-même. A ses yeux, la terre représentait de l'argent, comme les billets de banque ; seulement elle jugeait que c'était plus sûr. Elle m'a affirmé que, bon an mal an, tous frais défalqués, si on calculait sur une période de dix années, ses propriétés lui rapportaient du quatre et demi et jusqu'à du cinq. »

Yves ressuscitait sa mère, le soir, sur le perron, au milieu des pins de Bourideys ; il la voyait venir vers lui, dans l'allée du tour du parc, son chapelet à la main ; ou, à Respide, il l'imaginait, lui parlant de Dieu, devant les collines endormies. Il cherchait dans sa mémoire des paroles d'elle qui eussent témoigné de son amour pour la terre ; et elles s'éveillaient en foule. D'ailleurs, avant même de mourir, Jean-

Louis avait raconté qu'elle avait montré le ciel de juin, par la fenêtre ouverte, les arbres pleins d'oiseaux et qu'elle avait dit : « C'est cela que je regrette... »

« Il paraît, disait Dussol, que ce fut sa dernière parole, montrant les vignes, elle a soupiré : « Que je regrette cette belle récolte! »

— Non, à moi on m'a dit qu'elle parlait de la campagne en général, de la belle nature...

— Ce sont ses fils qui le racontent (Dussol avait baissé la voix), ils ont compris à leur manière; vous les connaissez... Ce pauvre Jean-Louis! Mais moi, je trouve que c'est bien plus beau : c'était la récolte qu'elle ne vendangerait pas, ce vignoble qu'elle avait complètement renouvelé, c'était son bien qu'elle pleurait... On ne m'ôtera pas cela de la tête. Je la connaissais depuis quarante ans. Dites donc, figurez-vous qu'un jour qu'elle se plaignait de ses fils, je lui ai dit qu'elle était une poule qui avait couvé des canards. Ce qu'elle a ri...

— Non, Dussol, non : elle était fière d'eux et à juste titre.

— Je ne dis pas le contraire. Mais Jean-Louis me fait rire quand il soutient qu'elle avait du goût pour les élucubrations d'Yves. D'ailleurs, c'était la raison même que cette femme, l'équilibre, le bon sens incarné. Voyons, il ne faut pas venir me raconter des histoires, à moi. Dans toutes mes difficultés avec Jean-Louis au sujet de la participation aux bénéfices, de ces conseils d'usine et de toutes ces histoires à dormir debout, je sentais bien qu'elle était pour moi. Elle s'inquiétait des « rêvasseries » de son fils comme elle les appelait. Elle me suppliait de ne pas le juger là-dessus. « Laissez-lui le temps, me disait-elle, vous verrez que c'est un garçon sérieux (**46**)... »

Yves ne pensait plus à sa tenue ridicule, ni à ses souliers vernis; il n'observait plus la figure des gens, sur les trottoirs. Pris dans cette chaîne, entre le corbillard et Dussol (dont une parole saisie l'aidait à deviner les horribles propos), il avançait, tête basse. « Elle aimait les pauvres, songeait-il; quand nous étions petits, elle nous faisait gravir des escaliers sordides; elle chérissait les filles repenties. Tout ce qui touche à mon enfance, dans mes poèmes, elle ne le lisait jamais sans pleurer... » La voix de Dussol ne s'arrêtait pas.

« Les courtiers filaient doux avec elle. En voilà une qui savait limer un bordereau, toujours sans escompte ni courtage...

— Dites donc, Dussol, est-ce que vous l'avez vue quelquefois recevant ses locataires? Je ne sais pas comment elle s'arrangeait pour leur faire payer les réparations... »

Yves savait, par Jean-Louis, que ce n'était pas vrai : les baux avaient été renouvelés en dépit du bon sens et sans tenir compte de la plus-value des immeubles. Pourtant, il ne pouvait conjurer cette caricature, que Dussol lui imposait, de sa mère telle qu'elle apparaissait aux autres, dépouillée du mystère Frontenac. La mort ne nous livre pas seulement aux vers, mais aussi aux hommes, ils rongent une mémoire, ils la décomposent; déjà Yves ne reconnaissait plus l'image de la morte en proie à Dussol, et dont le visage de chair avait « tenu » plus longtemps. Cette mémoire, il faudrait la reconstruire en lui, effacer les taches, il fallait que Blanche Frontenac redevînt pareille à ce qu'elle avait été. Il le fallait, pour qu'il pût vivre, pour qu'il pût lui survivre (**47**). [...]

Au bord du tombeau ouvert, dans le remous des « vrais amis » (« J'ai tenu à l'accompagner jusqu'au bout... ») Yves, aveuglé par les larmes et qui n'entendait plus rien, entendit tout de même — dominant le bruit du cercueil râclé contre la pierre et le halètement des fossoyeurs à tête d'assassins — la voix implacable, la voix satisfaite de Dussol :

« C'était une maîtresse femme! (**48**) »

***

Ce jour-là, en signe de deuil, le travail fut suspendu à Bourideys et à Respide. Les bœufs restèrent à l'étable et crurent que c'était dimanche. Les hommes allèrent boire dans l'auberge qui sent l'anis. Comme un orage montait, Burthe pensa que le foin serait peut-être gâché et que la pauvre madame aurait eu du chagrin qu'à cause d'elle, on ne le mît pas à l'abri. La Hure coulait sous les vergnes. Près du vieux chêne, à l'endroit où la barrière est démolie, la lune faisait luire, dans l'herbe, ce médaillon que Blanche avait perdu trois années plus tôt, pendant les vacances de Pâques, et que les enfants avaient si longtemps cherché (**49**).

XVII

Pendant l'hiver qui suivit et durant les premiers mois de 1913, Yves parut plus amer qu'il n'avait jamais été. Son front se dégarnit, ses joues se creusèrent, ses yeux brûlaient sous l'arcade des sourcils, plus saillante. Pourtant, il était lui-même scandalisé de sa trop facile résignation et de ce que la morte ne lui manquait pas : comme depuis longtemps il n'avait vécu auprès d'elle, rien n'était changé à son train ordinaire, et il passait des semaines sans prendre, une seule fois, conscience de cette disparition.

Mais il demandait davantage aux êtres qu'il aimait. Cette exigence que l'amour de sa mère n'avait jamais trompée, il la transférait, maintenant, sur des objets qui, jusqu'alors, avaient pu l'occuper, l'inquiéter, et même le faire un peu souffrir, sans toutefois bouleverser sa vie. Il avait été accoutumé à pénétrer dans l'amour de sa mère, comme il s'enfonçait dans le parc de Bourideys qu'aucune barrière ne séparait des pignadas[1], et où l'enfant savait qu'il aurait pu marcher des jours et des nuits, jusqu'à l'Océan. Et désormais, il entrait dans tout amour avec cette curiosité fatale d'en toucher la limite; et, chaque fois, avec l'espérance obscure de ne l'atteindre jamais. Hélas, c'était presque dès les premiers pas qu'il la touchait; et d'autant plus sûrement que sa manie le rendait fatigant et insupportable. Il n'avait de cesse qu'il n'eût démontré à ses amies que leur amour n'était qu'une apparence. Il était de ces garçons malheureux qui répètent : « vous ne m'aimez pas » pour obtenir l'assurance contraire, mais leur parole est pénétrée d'une force persuasive dont ils n'ont pas conscience; et à celle qui protestait mollement, Yves fournissait des preuves qui achevaient de la convaincre qu'en effet elle ne l'aimait pas et ne l'avait jamais aimé.

En ce printemps de 1913, il en était arrivé au point de considérer son mal comme ces douleurs physiques dont on guette la fin, d'heure en heure, avec la terreur de ne pouvoir tenir le coup. Et même dans le monde, pour peu que l'objet de son amour s'y trouvât, il ne pouvait plus cacher sa plaie, souffrait à ciel ouvert, laissait partout des traces de sang.

Yves ne doutait point d'être un obsédé; et, comme il

1. *Pignadas :* nom dialectal des forêts de pins à résine.

ressassait des trahisons imaginaires, il n'était jamais très sûr, même après avoir pris son amie sur le fait, de ne pas être victime d'une hallucination. Quand elle lui affirmait, par serment, que ce n'était pas elle qui se trouvait dans cette auto, auprès du garçon avec qui elle avait dansé la veille, il s'en laissait convaincre, bien qu'il fût assuré de l'avoir reconnue. « Je suis devenu fou », disait-il, et il préférait croire qu'il l'était en effet devenu; d'abord pour prendre le temps de respirer, aussi courte que dût être cette interruption de souffrance, et puis parce qu'il lisait dans les yeux chéris, une alarme non jouée. « Il faut me croire », ordonnait-elle avec un désir ardent de le consoler, de le rassurer. Il ne résistait pas à ce magnétisme : « Regarde-moi dans les yeux, tu me crois maintenant ? »

Ce n'était point qu'elle fût meilleure qu'une autre; mais Yves ne devait prendre conscience que beaucoup plus tard de ce pouvoir qu'il détenait d'éveiller une patiente tendresse dans des créatures qui, d'ailleurs, le torturaient. Comme si, auprès de lui, elles se fussent pénétrées, à leur insu, de l'amour maternel dont, pendant de longues années, il avait connu la chaleur. En août, bien avant dans la nuit, la terre, saturée de soleil, est chaude encore. Ainsi l'amour de sa mère morte rayonnait autour de lui, touchait les cœurs les plus durs (**50**).

C'était peut-être ce qui l'aidait à ne pas mourir sous les coups qu'il recevait. Car aucun autre appui ne lui restait, aucun secours ne lui venait de sa famille. Tout ce qui subsistait du mystère Frontenac ne lui arrivait plus que comme les débris d'un irréparable naufrage. La première fois qu'il revint à Bourideys, après la mort de sa mère, il eut l'impression d'avancer dans un songe, dans du passé matérialisé. Il rêvait de ces pins plus qu'il ne les voyait. Il se rappelait cette eau furtive sous les vergnes aujourd'hui coupés, et dont les nouvelles branches se rejoignaient déjà; mais il leur substituait les troncs couverts de lierre que la Hure reflétait dans les vacances d'autrefois. L'odeur de cette prairie mouillée le gênait, parce que la menthe y dominait moins que dans son souvenir. Cette maison, ce parc devenaient aussi encombrants que les vieilles ombrelles de sa mère et que ses chapeaux de jardin que l'on n'osait pas donner et que l'on ne pouvait jeter (il y en avait un très ancien, où des hirondelles étaient cousues). Une part immense du mystère Frontenac avait été comme aspirée par ce trou, par cette cave où l'on avait étendu la mère de Jean-Louis, de José, d'Yves, de Marie et de Danièle Frontenac. Et quand parfois un visage surgissait de ce monde aux trois quarts détruit, Yves éprouvait l'angoisse d'un cauchemar.

Ainsi, en 1913, par un beau matin d'été, lui apparut, dans l'encadrement de la porte, une grosse femme qu'il reconnut du premier coup d'œil, bien qu'il ne l'eût aperçue qu'une seule fois, dans la rue. Mais cette Joséfa tenait, depuis des années, le premier rôle dans les plaisanteries de la famille Frontenac. Elle n'en revenait point d'être reconnue : et quoi! M. Yves se doutait de son existence? Depuis toujours, ces petits messieurs savaient que leur oncle ne vivait pas seul? Le pauvre qui s'était donné tant de mal pour qu'ils ne découvrissent rien! Il en serait désespéré... Mais d'autre part, tout était peut-être mieux ainsi, il venait d'avoir chez elle deux crises très graves d'angine de poitrine (il fallait que ce fût sérieux pour qu'elle se fût permis d'aller voir Monsieur Yves). Le médecin interdisait au malade de rentrer chez lui. Il se lamentait jour et nuit, le pauvre, à l'idée de mourir sans embrasser ses neveux. Mais du moment qu'ils étaient avertis que leur oncle avait une liaison, ce n'était plus la peine qu'il se cachât. Il faudrait l'y préparer, par exemple, car il était bien loin de se croire découvert... Elle lui dirait que la famille le savait depuis très peu de temps, qu'elle lui avait pardonné... Et comme Yves déclarait sèchement que les fils Frontenac n'avaient rien à pardonner à un homme qu'ils vénéraient plus que personne au monde, la grosse femme insista :

« D'ailleurs, monsieur Yves, je puis bien vous le dire, vous êtes d'âge à savoir, il n'y a plus rien entre nous, depuis des années... vous pensez! on n'est plus des jeunesses. Et puis, le pauvre, dans son état, je n'ai pas voulu qu'il se fatigue, qu'il prenne mal. Ce n'est pas moi qui vous l'aurais tué. Il est comme un petit enfant avec moi, un vrai petit enfant. Je ne suis pas la personne que vous croyez, peut-être... Mais si! ce serait très naturel... Mais vous pouvez interroger sur moi à la paroisse, ces messieurs me connaissent bien... »

Elle minaudait, ressemblait exactement à l'image que s'étaient toujours faite d'elle les enfants Frontenac. Elle portait un manteau, genre Shéhérazade[1], aux manches lâches, étroit du bas, et attaché à la hauteur du ventre par un seul bouton. Les yeux étaient encore beaux sous le chapeau cloche qui ne dissimulait ni le nez épais et retroussé, ni la bouche vulgaire, ni le menton effondré. Elle contemplait avec émotion « Monsieur Yves ». Bien qu'elle ne les eût jamais vus, elle connaissait les enfants Frontenac depuis le jour de leur naissance; elle les avait suivis pas à pas, s'était intéressée à leurs moindres maladies. Rien n'était indifférent à ses yeux de ce qui se passait dans l'empyrée des Frontenac. Très au-dessus d'elle, s'agitaient ces demi-dieux dont, par une fortune extraordinaire, elle pouvait suivre les moindres ébats, du fond de son abîme. Et bien que dans les histoires merveilleuses dont elle se berçait, elle se fût souvent représenté son mariage avec Xavier et d'attendrissantes scènes de famille où Blanche l'appelait « ma sœur », et les petits « tante Joséfa », elle n'avait pourtant jamais cru que la rencontre de ce matin fût dans l'ordre des choses possibles, ni qu'elle dût, un jour, contempler face à face un des enfants Frontenac, et s'entretenir familièrement avec lui.

Et pourtant, elle avait l'impression si vive d'avoir toujours connu Yves, que devant ce jeune homme frêle, à la figure ravagée, qu'elle voyait pour la première fois, elle songeait : « Comme il a maigri! »

« Et M. José? toujours content au Maroc? Votre oncle se fait bien du souci, il paraît que ça chauffe là-bas, et les journaux ne disent pas tout. Heureusement que la pauvre madame n'est plus là pour se faire du mauvais sang, elle se serait mangée (**51**)... »

Yves l'avait priée de s'asseoir et restait debout. Il faisait un immense effort pour remonter à la surface de son amour, pour avoir au moins l'air d'écouter, de s'intéresser. Il se disait : « Oncle Xavier est très malade, il va mourir, après lui ce sera fini des vieux Frontenac... » Mais il s'éperonnait en vain. Impossible pour lui de rien sentir d'autre que la terreur de ce qui approchait : l'échéance de l'été, ces semaines, ces mois de séparation, chargés d'orages, traversés

1. Les « Ballets russes » (v. p. 79, note 1) avaient donné à Paris, en 1910, *Shéhérazade*, opéra chorégraphique de Bakst, musique de Rimsky-Korsakov : le succès de l'œuvre n'avait pas été sans influence sur la mode féminine.

de pluie furieuse, brûlés d'un soleil mortel. La création entière, avec ses astres et avec ses fléaux, se dresserait entre lui et son amour. Quand il le retrouverait enfin, ce serait l'automne; mais, d'abord il fallait franchir seul un océan de feu.

Il devait passer les vacances auprès de Jean-Louis, à ce foyer où sa mère avait tant désiré qu'il pût trouver un abri, quand elle ne serait plus là. Peut-être s'y fût-il résigné, si la douleur de la séparation avait été partagée; mais « elle » était invitée sur un yacht, pour une longue croisière, et vivait dans la fièvre des essayages; sa joie éclatait sans qu'elle songeât à se contraindre. Il ne s'agissait plus, pour Yves, de soupçons imaginaires, de craintes tour à tour éveillées et apaisées, mais de cette joie brutale, pire qu'aucune trahison, et qu'une jeune femme ressentait, en se séparant de lui. Elle était enivrée de ce qui le tuait. Patiemment, elle avait feint la tendresse, la fidélité; et voici qu'elle se démasquait d'un seul coup, sans perfidie d'ailleurs, car elle n'aurait voulu lui causer aucune peine. Elle croyait tout arranger en lui répétant :

« C'est un bonheur pour toi; je te fais trop de mal... En octobre, tu seras guéri.

— Mais une fois, tu m'as dit que tu ne voulais pas que je guérisse.

— Quand t'ai-je dit cela? Je ne me souviens pas.

— Voyons! c'était en janvier, un mardi, nous sortions du Fischer; nous passions devant le *Gagne-Petit*[1], tu t'es regardée dans la glace. »

Elle secouait la tête, d'un air importuné. Cette parole qui avait pénétré Yves de douceur et sur laquelle il avait vécu, pendant plusieurs semaines, qu'il se répétait encore lorsque tout le charme s'en était depuis longtemps évaporé, elle niait à présent qu'elle l'eût jamais prononcée... C'était sa faute : il élargissait à l'infini les moindres propos de cette femme, leur prêtait une valeur fixe, et une signification immuable, lorsqu'ils n'exprimaient que l'humeur d'une seconde...

« Tu es sûr que je t'ai dit cela? C'est possible, mais je ne me souviens pas (**52**)... »

La veille, Yves avait entendu cette parole affreuse dans ce même petit bureau où maintenant une personne est assise,

1. *Gagne-Petit :* grand magasin sur l'avenue de l'Opéra; il n'existe plus aujourd'hui sous ce nom.

une grosse blonde qui a chaud, trop chaud pour demeurer dans une pièce si étroite, bien que la fenêtre en soit ouverte. Joséfa s'était installée, et couvait Yves des yeux.

« Et M. Jean-Louis! ce qu'il est bien! Et Mme Jean-Louis, on voit qu'elle est si distinguée. Leur photographie de chez Coutenceau[1] est sur le bureau de votre oncle, avec le bébé entre eux. Quel amour de petite fille! Elle a tout à fait le bas de figure des Frontenac. Je dis souvent à votre oncle : « C'est une Frontenac tout craché. » Il aime les enfants, même tout petits. Quand ma fille, qui est mariée à Niort avec un garçon très sérieux, employé dans une maison de gros (et c'est déjà sur lui que tout repose parce que son patron a des rhumatismes articulaires), quand ma fille amène son bébé, votre oncle le prend sur ses genoux et ma fille dit qu'on voit bien qu'il a été habitué à pouponner... »

Elle s'interrompit, brusquement intimidée : M. Yves ne se dégelait pas. Il la prenait pour une intrigante, peut-être...

« Je voudrais que vous sachiez, monsieur Yves... Il m'a donné un petit capital, une fois pour toutes, des meubles... mais vous trouverez tout, vous pensez. Si quelqu'un est incapable de faire le moindre tort à la famille... »

Elle disait « la famille », comme s'il n'en eût existé qu'une seule au monde, et Yves, consterné, voyait deux larmes grosses comme des lentilles, glisser le long du nez de la dame. Il protesta que les Frontenac ne l'avaient jamais soupçonnée d'aucune indélicatesse, et qu'ils lui étaient même reconnaissants des soins qu'elle avait prodigués à leur oncle. L'imprudent dépassait le but : elle s'attendrit, et ce fut un déluge.

« Je l'aime tant! je l'aime tant! — bégayait-elle; — et vous, bien sûr, je savais que je n'étais pas digne de vous approcher, mais je vous aimais tous, oui, tous! je peux bien le dire, ma fille de Niort m'en faisait quelquefois des reproches; elle disait que je m'intéressais à vous plus qu'à elle, et c'était vrai (**53**)! »

Elle chercha un autre mouchoir dans son sac, elle ruisselait. A ce moment, le téléphone sonna.

« Ah! c'est vous? Oui... ce soir, dîner? attendez que je voie mon carnet... »

Yves éloigna un instant le récepteur de son oreille.

1. Grand photographe de Bordeaux, spécialiste des portraits de famille.

Joséfa qui, en reniflant, l'observait, s'étonna de ce qu'il ne consultait aucun carnet, mais regardait devant lui avec une expression de bonheur.

« Oui, je puis me rendre libre. — C'est gentil de me donner encore une soirée. — Où ça? au Pré Catelan[1]? — Que je ne vous prenne pas chez vous? oui, vous aimez mieux... — Mais ce me serait facile de passer chez vous... Pourquoi non? — Quoi? J'insiste toujours? Mais que voulez-vous que ça me fasse... C'était pour que vous n'attendiez pas seule au restaurant, au cas où j'arriverais après vous... — Je dis : C'était pour que vous n'attendiez pas seule... Quoi? Nous ne serons pas seuls? Qui ça? Geo? — Mais aucun inconvénient... — Mais pas du tout! — Pas contrarié du tout. — Quoi? Évidemment, ce ne sera pas la même chose. — Je dis : Évidemment, ce ne sera pas la même chose. — Quoi? Si je dois faire la tête (**54**)?... »

Joséfa le dévorait des yeux; elle encensait du chef, vieille jument réformée que réveille une musique de cirque. Yves avait raccroché le récepteur, et tournait vers elle une figure contractée. Elle ne comprit pas qu'il hésitait à la jeter dehors, mais elle sentit que c'était le moment de prendre congé. Il la prévint qu'il écrirait à Jean-Louis au sujet de leur oncle. Dès qu'il aurait une réponse, il la transmettrait à Joséfa. Elle n'en finissait pas de trouver une carte pour lui laisser son adresse; enfin elle partit.

Oncle Xavier était très malade, oncle Xavier était mourant. Yves se le répétait à satiété, y ramenait sa pensée rétive, appelait à son secours des images de l'oncle : dans un fauteuil de la chambre grise, rue de Cursol, à l'ombre du grand lit maternel... Yves tendait son front, à l'heure d'aller dormir, et l'oncle interrompait sa lecture : « Bonne nuit, petit oiseau... » L'oncle debout, en costume de ville, dans les prairies du bord de la Hure, taillant une écorce de pin en forme de bateau... *Sabe, sabe, caloumet, te pourterey un pan naouet*[2]... Mais Yves jetait en vain son filet; en vain le retirait-il plein de souvenirs grouillants : ils glissaient tous, retombaient. Rien ne lui était que cette douleur; et sur les images anciennes, d'énormes figures, toutes récentes, s'étendaient et les recouvraient. Cette femme horrible et Geo. Qu'est-ce que Geo venait faire dans son histoire?

1. Le *Pré Catelan* est un restaurant de luxe situé au bois de Boulogne; **2.** V. p. 48, ligne 11.

Pourquoi Geo, précisément, ce dernier soir ? Pourquoi était-elle allée chercher celui-là, au lieu de tant d'autres, celui-là qu'il aimait ?... Sa voix faussement étonnée dans le téléphone. Elle ne voulait pas avoir l'air de lui cacher qu'ils étaient devenus intimes. Geo devait voyager, cet été... Yves n'avait pu obtenir de savoir où : Geo restait dans le vague, détournait la conversation. Parbleu, il faisait partie de la croisière ! Geo et elle, pendant des semaines, sur ce pont, dans ces cabines. Elle et Geo...

Il s'étendit à plat ventre sur le divan, mordit à pleines dents le revers de sa main. C'était trop, il saurait bien se venger de cette garce, lui faire du mal. Mais comment la salir, sans se déshonorer soi-même ? Il la salirait... un livre, parbleu ! Il faudrait bien qu'on la reconnût. Il ne cacherait rien, la couvrirait de boue. Elle apparaîtrait dans ces pages, à la fois grotesque et immonde. Toutes ses habitudes, les plus secrètes... Il livrerait tout... même son physique... Il était seul à connaître d'elle des choses affreuses... Mais il faudrait du temps pour écrire le livre... Tandis que la tuer, ça pourrait être dès ce soir, tout de suite. Oui, la tuer, qu'elle s'aperçoive de la menace, qu'elle ait le temps d'avoir peur ; elle était si lâche ! Qu'elle se voie mourir, qu'elle ne meure pas tout de suite ; qu'elle se sache défigurée...

Il se vidait peu à peu de sa haine ; il en exprima une dernière goutte. Alors, il prononça à mi-voix, très doucement, le prénom bien-aimé ; il le répétait en détachant chaque syllabe ; tout ce qu'il pouvait avoir d'elle : ce prénom que personne au monde ne pouvait lui défendre de murmurer, de crier. Mais il y avait les voisins, à l'étage supérieur, qui entendaient tout. A Bourideys, Yves aurait eu le refuge de sa bauge. Les jaugues[1] aujourd'hui, devaient recouvrir l'étroite arène où, par un beau jour d'automne, tout lui avait été annoncé d'avance ; il imagina que cet imperceptible point du monde bourdonnait de guêpes, dans cette chaude matinée ; les bruyères pâles sentaient le miel, et peut-être le vent léger détachait-il des pins une immense nuée de pollen. Il voyait dans ses moindres détours, le sentier qu'il suivait, pour rentrer à la maison, jusque sous le couvert du parc — et cet endroit où il avait rencontré sa mère. Elle avait jeté, sur sa robe d'apparat, le châle violet

1. Nom dialectal des ajoncs (cf. p. 54, chap. XII, lignes 13-14 et p. 55, ligne 17).

rapporté de Salies. Elle avait recouvert Yves de ce châle, parce qu'elle l'avait senti frémir[1].

« Maman! — gémit-il — maman... »

Il sanglotait; il était le premier des enfants Frontenac à appeler sa mère morte, comme si elle eût été vivante. Dix-huit mois plus tard, ce serait le tour de José, le ventre ouvert, au long d'une interminable nuit de septembre, entre deux tranchées[2] (**55**).

XVIII

[Joséfa retourne auprès de Xavier, dans leur petit appartement du quartier de Passy. Elle souffre confusément de l'indifférence qu'a semblé manifester Yves pour son vieil oncle : elle songe à tous les sacrifices qu'elle a dû consentir dans l'intérêt des enfants Frontenac, que Xavier avait toujours peur de frustrer.]

XIX

Un matin de l'octobre qui suivit, dans le hall de l'hôtel d'Orsay, les enfants Frontenac (sauf José, toujours au Maroc) entouraient Joséfa. L'oncle avait paru se remettre, pendant l'été, mais une crise plus violente venait de l'abattre, et le médecin ne croyait pas qu'il pût s'en relever. Le télégramme de Joséfa était arrivé à Respide où Yves surveillait les vendanges et déjà songeait au retour. Rien ne le pressait, car « elle » ne rentrait à Paris qu'à la fin du mois. D'ailleurs, il s'était accoutumé à l'absence et maintenant qu'il voyait la sortie du tunnel, il se fût volontiers attardé...

Intimidée par les Frontenac, Joséfa leur avait d'abord opposé un grand air de dignité; mais l'émotion avait eu raison de son attitude. Et puis Jean-Louis l'avait, dès les premières paroles, touchée au cœur. Son culte pour les Frontenac trouvait enfin un objet qui ne la décevait pas. C'était à lui qu'elle s'adressait, en tant que chef de la famille. Les deux jeunes dames, un peu raidies, se tenaient à l'écart, non par fierté, comme le croyait Joséfa, mais parce qu'elles hésitaient sur l'attitude à prendre. (Joséfa n'aurait jamais cru qu'elles fussent si fortes; elles avaient accaparé toute

1. V. p. 57, ligne 23 et suivantes; **2.** V. p. 68, ligne 4 et suivantes.

la graisse de la famille.) Yves, qu'anéantissaient les voyages nocturnes, s'était rencogné dans un fauteuil.

« Je lui ai répété que je me ferais passer auprès de vous pour sa gouvernante. Comme il ne parle pas du tout (parce qu'il le veut bien, il a peur que ça lui donne une crise), je ne sais trop s'il y a consenti ou non. Il a des absences... On ne sait pas ce qu'il veut... Au fond, il ne pense qu'à son mal qui peut revenir d'une minute à l'autre, il paraît que c'est tellement épouvantable... comme s'il avait une montagne sur la poitrine... Je ne vous souhaite pas d'assister à une crise...

— Quelle épreuve pour vous, madame... »

Elle balbutia, en larmes :

« Vous êtes bon, monsieur Jean-Louis.

— Il aura eu, dans son malheur, le secours de votre dévouement, de votre affection... »

Ces paroles banales agissaient sur Joséfa comme des caresses. Soudain familière, elle pleurait doucement, la main appuyée au bras de Jean-Louis. Marie dit à l'oreille de Danièle :

« Il a tort de faire tant de frais; nous ne pourrons plus nous en dépêtrer (**56**). »

Il fut entendu que Joséfa préparerait l'oncle à leur venue. Ils arriveraient vers dix heures, et attendraient sur le palier.

Ce fut seulement sur ce palier sordide, où les enfants Frontenac demeuraient aux écoutes, tandis que les locataires, alertés par la concierge, se penchaient à la rampe; ce fut, assis sur une marche souillée, le dos appuyé contre le faux marbre plein d'éraflures, qu'Yves éprouva enfin l'horreur de ce qui se passait derrière cette porte. Joséfa, parfois, l'entre-bâillait, tendait un mufle tuméfié par les larmes, les priait d'attendre encore un peu; un doigt sur la bouche, elle repoussait le vantail. Oncle Xavier, celui qui tous les quinze jours entrait dans la chambre grise, rue de Cursol, à Bordeaux, après avoir achevé le tour des propriétés; celui qui faisait des sifflets avec une branche de vergne, il agonisait dans ce taudis, chez cette fille, en face du pont du métro, non loin de la station La Motte-Picquet-Grenelle. Pauvre homme ligoté de préjugés, de phobies, incapable de revenir sur une opinion reçue une fois pour toutes, de ses parents; à la fois si respectueux de l'ordre établi et si éloigné de la vie simple et normale... L'haleine d'octobre emplissait cet escalier et rappelait à Yves les relents du vestibule, rue de Cursol, les jours de rentrée. Odeur de brouillard, de pavés mouillés, de linoléum. Danièle et Marie chuchotaient. Jean-Louis ne bougeait pas, les yeux clos, le front contre le mur. Yves ne lui adressait aucune parole, comprenant que son frère priait. « Ce sera à vous, monsieur Jean-Louis, de lui parler du bon Dieu, avait dit Joséfa, moi, il me rabrouerait, vous pensez! » Yves aurait voulu se joindre à Jean-Louis, mais rien ne lui revenait de ce langage perdu. Il s'était terriblement éloigné de l'époque où, à lui aussi, il suffisait de fermer les yeux, de joindre les mains. Que les minutes paraissaient longues! Il connaissait maintenant tous les dessins que formaient les taches sur la marche où il s'était accroupi.

Joséfa entr'ouvrit de nouveau la porte, leur fit signe d'entrer. Elle les introduisit dans la salle à manger et disparut. Les Frontenac se retenaient de respirer, et même de bouger, car les souliers de Jean-Louis craquaient au moindre mouvement. La fenêtre devait être fermée depuis la veille; des odeurs de vieille nourriture et de gaz s'étaient accumulées entre ces murs tapissés de papier rouge. Ces deux chromos[1], dont l'un représentait des pêches et l'autre des framboises, il y avait les mêmes dans la salle à manger de Preignac.

Ils comprirent plus tard qu'ils n'auraient pas dû se montrer tous ensemble. S'il n'avait d'abord vu que Jean-Louis, l'oncle se serait peut-être habitué à sa présence; la folie, ce fut une entrée en masse.

« Vous voyez, monsieur, ils sont venus — répétait Joséfa, jouant avec affectation son rôle de gouvernante. Vous vouliez les voir? Les voilà tous, sauf M. José... »

Il ne bougeait pas, figé dans cette immobilité d'insecte. Ses yeux remuaient seuls dans sa figure terrible à voir, allant de l'un à l'autre, comme si un coup l'avait menacé. Les deux mains s'accrochaient à sa veste, comprimaient sa poitrine haletante. Et Joséfa, tout à coup, oubliait son rôle :

« Tu ne parles pas parce que tu as peur que ça te fasse mal? Hé bé, ne parle pas, pauvre chien. Tu les vois, les petits? Tu es content? Regardez-vous sans parler. Dis-le,

1. *Chromo :* abréviation courante de chromolithographie. Ces gravures en couleurs sont généralement de médiocre qualité artistique.

si tu ne te sens pas bien, ma petite poule. Si tu souffres, il faut me le faire entendre par signe. Tu veux ta piqûre? Tiens, je prépare l'ampoule. »

Elle bêtifiait, retrouvait le ton qu'on prend avec les tout petits. Mais le moribond, ramassé sur lui-même, gardait son air traqué. Les quatre enfants Frontenac serrés les uns contre les autres, perclus d'angoisse, ne savaient pas qu'ils avaient l'aspect des membres du jury lorsqu'ils vont prêter serment. Enfin Jean-Louis se détacha du groupe, entoura de son bras les épaules de l'oncle :

« Tu vois, il n'y a que José qui manque à l'appel. Nous avons reçu de bonnes nouvelles de lui... »

Les lèvres de Xavier Frontenac remuèrent. Ils ne comprirent pas d'abord ce qu'il disait, penchés au-dessus de son fauteuil.

« Qui vous a dit de venir?

— Mais madame... ta gouvernante...

— Ce n'est pas ma gouvernante... Je vous dis : ce n'est pas ma gouvernante. Tu as bien entendu qu'elle me tutoyait... »

Yves se mit à genoux, tout contre les jambes squelettiques :

« Qu'est-ce que ça peut faire, oncle Xavier? C'est sans aucune importance, ça ne nous regarde pas, tu es notre oncle chéri, le frère de papa... »

Mais le malade le repoussa, sans le regarder.

« Vous l'aurez su! Vous l'aurez su! répétait-il, l'air hagard. Je suis comme l'oncle Péloueyre. Je me rappelle, il était enfermé à Bourideys, avec cette femme... Il ne voulait recevoir personne de la famille... On lui avait député votre pauvre père, qui était bien jeune alors...Je me souviens : Michel était parti à cheval, pour Bourideys, emportant un gigot, parce que l'oncle aimait la viande de Preignac... Votre pauvre père raconta qu'il avait frappé longtemps... L'oncle Péloueyre avait entre-bâillé la porte... Il examina Michel, lui prit le gigot des mains, referma la porte, mit le verrou... Je me rappelle cette histoire... Elle est drôle, mais je parle trop... Elle est drôle... »

Et il riait, d'un rire à la fois retenu, appliqué, qui lui faisait mal, qui ne s'arrêtait pas. Il eut une quinte.

Joséfa lui fit une piqûre. Il ferma ses yeux. Un quart d'heure s'écoula. Les métros ébranlaient la maison. Quand ils étaient passés, on n'entendait que cet affreux halètement. Soudain, il s'agita dans son fauteuil, rouvrit les yeux.

« Marie et Danièle sont là ? Elles seront venues chez ma maîtresse. Je les aurai fait entrer chez la femme que j'entretiens. Si Michel et Blanche l'avaient su, ils m'auraient maudit. Je les ai introduits chez ma maîtresse, les enfants de Michel. »

Il ne parla plus. Son nez se pinçait; sa figure devint violette; il émettait des sons rauques; ce gargouillement de la fin... Joséfa en larmes le prit entre ses bras, tandis que les Frontenac terrifiés reculaient vers la porte.

« Tu n'as pas à avoir honte devant eux, mon petit chéri, ce sont de bons enfants; ils comprennent les choses, ils savent... Qu'est-ce qu'il te faut ? Que demandes-tu, pauvre chou ? »

Affolée, elle interrogeait les enfants :

« Qu'est-ce qu'il demande? Je ne saisis pas ce qu'il demande... »

Eux voyaient clairement la raison de ce mouvement du bras de gauche à droite; cela signifiait : « Va-t'en! » Dieu ne voulut pas qu'elle comprît qu'il la chassait, elle, sa vieille compagne, son unique amie, sa servante, sa femme.

Dans la nuit, le dernier métro couvrit le gémissement de Joséfa. Elle s'abandonnait à sa douleur, sans retenue; elle croyait qu'il fallait crier. La concierge et la femme de journée la soutenaient par les bras, lui frottaient les tempes avec du vinaigre. Les enfants Frontenac s'étaient mis à genoux (**57**).

XX

[L'oncle Xavier est mort : Jean-Louis et Yves ont assisté à ses obsèques, à Preignac. Yves se prépare à regagner Paris; Jean-Louis, que l'humeur sombre de son frère inquiète vivement, voudrait l'accompagner; mais son associé Dussol et sa femme Madeleine lui représentent que ce voyage risque de compromettre une importante affaire de coupe de bois.

Yves part donc seul; il retrouve à Paris sa maîtresse, dont les infidélités torturent sa jalousie; mais elle lui apparaît comme un être mesquin et ridicule, il a l'impression qu'il ne pourra plus continuer à poursuivre ainsi en vain le bonheur qui le fuit; il est infiniment las. Il éprouve jusqu'à l'écœurement le caractère dérisoire de ce faux amour.

XXI

Yves riait encore, en descendant les Champs-Élysées, non d'un rire forcé et amer, mais d'un franc rire et qui faisait se retourner les passants. Midi sonnait à peine, et il avait gravi les escaliers de la gare d'Orsay au petit jour[1] : ces quelques heures lui avaient donc suffi pour épuiser la joie du revoir, attendue depuis trois mois, et pour qu'il se retrouvât, errant dans les rues... « C'était pouffant » comme elle disait. Sa gaieté le tenait encore sur ce banc du Rond-Point où il s'affaissa, les jambes plus rompues que s'il était venu à pied, jusqu'ici, du fond de ses landes. Il ne souffrait que d'une sorte d'épuisement : jamais l'objet de son amour ne lui était apparu à ce point dérisoire, — rejeté de sa vie, piétiné, sali, fini. Et pourtant, son amour subsistait : comme une meule qui eût tourné à vide, tourné... tourné... Fini de rire : Yves se repliait, se concentrait sur cette étrange torture dans le rien. Il vivait ces instants que tout homme a connus s'il a aimé, où, les bras toujours serrés contre la poitrine, comme si ce que nous embrassions ne nous avait pas fui, nous étreignons, à la lettre, le néant. Par ce midi d'octobre tiède et mou, sur un banc du Rond-Point des Champs-Élysées, le dernier des Frontenac ne se connaissait plus de but, dans l'existence, au-delà des Chevaux de Marly[2]. Ceux-ci atteints, il ne savait pas s'il irait à droite, à gauche, ou pousserait jusqu'aux Tuileries et entrerait dans la souricière[3] du Louvre (**58**).

Autour de lui, les êtres et les autos viraient, se mêlaient, se divisaient dans ce carrefour et il s'y sentait aussi seul que naguère, au centre de l'arène étroite, cerné de fougères et de jaugues, où il gîtait, enfant sauvage. Le vacarme uniforme de la rue ressemblait aux doux bruits de la nature, et les passants lui étaient plus étrangers que les pins de Bourideys dont les cimes, autrefois, veillaient sur ce petit Frontenac blotti à leurs pieds, au plus épais de la brousse.

1. A son retour de Preignac, après l'enterrement de l'oncle Xavier; **2.** Groupes sculptés, dus à Coustou, qui se trouvent sur la place de la Concorde, à l'entrée de l'avenue des Champs-Élysées; **3.** Les bâtiments du palais du Louvre forment deux rangs de constructions qui, assez éloignés l'un de l'autre du côté des Tuileries, se resserrent progressivement, à mesure qu'on avance vers la cour carrée : d'où l'image d'une souricière, d'un piège.

Aujourd'hui, ces hommes et ces femmes bourdonnaient comme les mouches de la lande, hésitaient comme les libellules, et l'un d'eux se posait, parfois, à côté d'Yves, contre sa manche, sans même le voir, puis s'envolait. Mais combien étouffée et lointaine était devenue la voix qui poursuivait l'enfant Frontenac au fond de sa bauge[1], et qu'il percevait encore, à cette minute! Il voyait bien, répétait la voix, toutes ces routes barrées qui lui avaient été prédites, toutes ces passions sans issue. Revenir sur ses pas, revenir sur ses pas... Revenir sur ses pas lorsqu'on est à bout de force? Refaire toute la route? Quelle remontée! D'ailleurs, pour accomplir quoi? Yves errait dans le monde, affranchi de tout labeur humain. Aucun travail n'était exigé de lui qui avait fini son devoir d'avance, qui avait remis sa copie pour aller jouer. Aucune autre occupation que de noter, au jour le jour, les réactions d'un esprit totalement inemployé... Et il n'aurait rien pu faire d'autre, et le monde ne lui demandait rien d'autre. Entre les mille besognes qui obligeaient de courir autour de son banc, ces fourmis humaines, laquelle aurait pu l'asservir? Ah! plutôt crever de faim!... « Et pourtant, tu le sais — insistait la voix — tu avais été créé pour un travail épuisant et tu t'y serais soumis, corps et âme, parce qu'il ne t'eût pas détourné d'une profonde vie d'amour. Le seul travail au monde qui ne t'aurait diverti en rien de l'amour — qui eût manifesté, à chaque seconde, cet amour, — qui t'aurait uni à tous les hommes dans la charité... » Yves secoua la tête et dit : « Laissez-moi, mon Dieu. »

Il se leva, fit quelques pas jusqu'à la bouche du métro, près du Grand Palais, et s'accouda à la balustrade. C'était l'heure où les ateliers de nouveau se remplissent et le métro absorbait et vomissait des fourmis à tête d'homme. Yves suivit longtemps, d'un œil halluciné, cette absorption et ce dégorgement d'humanité. Un jour — il en était sûr, et il appelait ce jour, du fond de sa fatigue et de son désespoir — il faudrait bien que tous les hommes fussent forcés d'obéir à ce mouvement de marée : tous! sans exception aucune. Ce que Jean-Louis appelait question sociale ne se poserait plus aux belles âmes de son espèce. Yves songeait : « Il faut que je voie ce jour où des écluses se fermeront et

1. Cf. page 54, chap. XII, ligne 13 et la note 1.

s'ouvriront à heure fixe sur le flot humain. Aucune fortune acquise ne permettra plus au moindre Frontenac de se mettre à part sous prétexte de réfléchir, de se désespérer, d'écrire son Journal, de prier, de faire son Salut. Les gens d'en bas auront triomphé de la personne humaine, — oui, la personne humaine sera détruite et, du même coup, disparaîtra notre tourment et nos chères délices : l'amour. Il n'y aura plus de ces déments, qui mettent l'infini dans le fini. Joie de penser que ce temps est peut-être proche où, faute d'air respirable, tous les Frontenac auront disparu de la terre, où aucune créature ne pourra même imaginer ce que j'éprouve, à cette seconde, appuyé contre la balustrade du métro, ce fade attendrissement, ce remâchement de ce que l'aimée a pu me dire depuis que nous nous connaissons, et qui tendrait à me faire croire que tout de même elle tient à moi, — comme lorsque le malade isole, entre toutes les paroles du médecin, celles où un jour il a trouvé de l'espoir et qu'il sait par cœur (mais elles n'ont plus aucun pouvoir sur lui, bien qu'il ne renonce pas à les ressasser)... »

Au delà des Chevaux de Marly... Il ne voyait plus rien à faire que se coucher et que dormir. Mourir n'avait pas de sens pour lui, pauvre immortel. Il était cerné de ce côté-là. Un Frontenac sait qu'il n'y a pas de sortie sur le néant, et que la porte du tombeau est gardée. Dans le monde qu'il imaginait, qu'il voyait, qu'il sentait venir, la tentation de la mort ne tourmenterait plus aucun homme, puisque cette humanité besogneuse et affairée aurait l'aspect de la vie, mais serait déjà morte. Il faut être une personne, un homme différent de tous les hommes, il faut tenir sa propre existence entre ses mains et la mesurer, la juger d'un œil lucide, sous le regard de Dieu, pour avoir le choix de mourir ou de vivre (**59**).

C'était amusant de penser à cela... Yves se promit de raconter à Jean-Louis l'histoire qu'il venait d'imaginer, devant cette bouche de métro ; il se réjouissait de l'étonner, en lui décrivant la révolution future, qui se jouerait au plus secret de l'homme, dissocierait sa nature même, jusqu'à le rendre semblable aux hyménoptères : abeilles, fourmis... Aucun parc séculaire n'étendrait plus ses branches sur une seule famille. Les pins des vieilles propriétés ne verraient plus grandir, d'année en année, les mêmes enfants ; et dans ces faces maigres et pures levées vers leurs cimes, ne reconnaîtraient pas les traits des pères et des grands-pères au même âge. C'était la fatigue, se disait Yves, qui le faisait divaguer. Que ce serait bon de dormir! Il ne s'agissait ni de mourir, ni de vivre, mais de dormir. Il appela un taxi, et il remuait, au fond de sa poche, un minuscule flacon. Il l'approcha de ses yeux, et il s'amusait à déchiffrer sur l'étiquette la formule magique : *Allylis Opropylbarbiturate de phényldiméthyldiméthylamino Pyrazolone 0 gr. 16*[1].

Au long de ces mêmes heures, Jean-Louis assis à table, en face de Madeleine, puis debout et avalant en hâte son café, puis au volant de sa voiture, et enfin au bureau, ses yeux attentifs fixés sur le commis Janin qui lui faisait un rapport, se répétait : « Yves ne risque rien; mon inquiétude ne repose sur rien. Il semblait plus calme, hier soir, dans le wagon, que je ne l'ai vu depuis longtemps... Oui, mais justement; ce calme... » Il entendait, sur les quais, haleter une locomotive. Cette affaire, qui l'empêche de partir... pourquoi ne pas l'expliquer à Janin qui est là, qui a de l'initiative, le désir passionné d'avancer? Le regard brillant du garçon essayait de deviner la pensée de Jean-Louis, de la prévenir... Et soudain, Jean-Louis sait qu'il partira ce soir pour Paris. Il sera demain matin à Paris. Et déjà il retrouvait la paix, comme si la puissance inconnue qui, depuis la veille, le tenait à la gorge, avait su qu'elle pouvait desserrer son étreinte, qu'elle allait être obéie (**60**).

XXII

Du fond de l'abîme, Yves entendait sonner à une distance infinie, avec l'idée confuse que c'était l'appel du téléphone, et qu'on lui annonçait, de Bordeaux, la maladie de sa mère (bien qu'il sût qu'elle était morte depuis plus d'une année). Pourtant, tout à l'heure, elle se trouvait dans cette pièce où elle n'avait pénétré qu'une seule fois durant sa vie (elle était venue de Bordeaux, visiter l'appartement d'Yves « pour pouvoir le suivre par la pensée », avait-elle dit). Elle n'y avait jamais plus paru, sauf cette nuit — et Yves la voyait

1. Formule chimique d'un somnifère dont une trop forte dose risque de provoquer la mort.

encore, dans le fauteuil, au chevet du lit, ne travaillant à aucun ouvrage, puisqu'elle était morte. Les morts ne tricotent ni ne parlent... Pourtant ses lèvres remuaient; elle voulait prononcer une parole urgente, mais en vain. Elle était entrée, comme elle faisait à Bourideys, quand elle avait un souci, sans frapper, en appuyant mollement sur le loquet et en poussant la porte de son corps, — tout entière à ce qui la préoccupait, sans s'apercevoir qu'elle interrompait une page, un livre, un sommeil, une crise de larmes... Elle était là, et pourtant on téléphonait de Bordeaux qu'elle était morte et Yves la regardait avec angoisse, essayait de recueillir sur ses lèvres la parole dont elle n'arrivait pas à se délivrer. La sonnerie redoublait. Que fallait-il répondre? La porte d'entrée claqua. Il entendit la voix de la femme de journée : « Heureusement que j'ai la clef... » et Jean-Louis répondait (mais il est à Bordeaux...) : « Il a l'air paisible... Il dort paisiblement... Non, le flacon est presque plein; il en a pris très peu... » Jean-Louis est dans la chambre. A Bordeaux, et pourtant dans cette chambre. Yves sourit pour le rassurer.

« Alors, mon vieux?

— Tu es à Paris?

— Mais oui, j'ai eu à faire (**61**)... »

La vie s'infiltre en Yves de partout, à mesure que le sommeil se retire. Elle ruisselle, elle l'emplit... Il se souvient : quelle lâcheté! trois comprimés... Jean-Louis lui demande ce qui ne va pas. Yves n'essaie pas de feindre. Il ne l'aurait pu, vidé de toute force, de toute volonté, comme il l'eût été de sang. Chaque circonstance retrouvait sa place : avant-hier, il était à Bordeaux; hier matin, dans le petit bar; et puis cette journée de folie... Et maintenant Jean-Louis est là.

« Mais comment es-tu là? C'était le jour de ce fameux marché... »

Jean-Louis secoua la tête : un malade n'avait pas à s'occuper de cela. Et Yves :

« Non, je n'ai pas de fièvre. Simplement : rendu, fourbu... »

Jean-Louis lui avait pris le poignet, et les yeux sur sa montre il comptait les pulsations, comme faisait maman dans les maladies de leur enfance. Puis, d'un geste qui venait aussi de leur mère, l'aîné releva les cheveux qui recouvraient le front d'Yves, pour s'assurer qu'il n'avait pas la tête brûlante, — peut-être aussi pour le démasquer, pour observer ses traits en pleine lumière, et enfin, par simple tendresse.

« Ne t'agite pas, dit Jean-Louis. Ne parle pas.

— Reste!

— Mais oui, je reste.

— Assieds-toi... Non, pas sur mon lit. Approche le fauteuil. »

Ils ne bougèrent plus. Les bruits confus d'un matin d'automne ne troublaient pas leur paix. Yves, parfois, entr'ouvrait les yeux, voyait ce visage grave et pur que la fatigue de la nuit avait marqué. Jean-Louis, délivré de l'inquiétude qui l'avait rongé depuis l'avant-veille, s'abandonnait maintenant à un repos profond au bord du lit où son jeune frère était vivant. Il fit, vers midi, un rapide repas, sans quitter la chambre. La journée coulait comme du sable. Et soudain, cette sonnerie du téléphone... Le malade s'agita; Jean-Louis mit un doigt sur sa bouche et passa dans le cabinet. Yves éprouvait, avec bonheur, que plus rien ne le concernait : aux autres de se débrouiller; Jean-Louis arrangerait tout.

« ... de Bordeaux? Oui... Dussol? Oui, c'est moi... Oui, je vous entends... Je n'y puis rien... Sans doute : un voyage impossible à remettre... Mais non. Janin me remplace. Mais si... puisque je vous dis qu'il a mes instructions... Eh bien, tant pis... Oui, j'ai compris : plus de cent mille francs... Oui, j'ai dit : tant pis... »

« Il a raccroché », dit Jean-Louis en rentrant dans la chambre.

Il s'assit de nouveau près du lit. Yves l'interrogeait : l'affaire dont parlait Dussol ne serait-elle pas manquée à cause de lui? Son frère le rassura; il avait pris ses mesures avant de partir. C'était bon signe qu'Yves fût soucieux de ces choses, et qu'il s'inquiétât de savoir si Joséfa avait bien reçu le chèque qu'ils avaient décidé de lui offrir.

« Mon vieux, imagine-toi qu'elle l'a renvoyé...

— Je t'avais dit que c'était insuffisant...

— Mais non : elle trouve, au contraire, que c'est trop. Oncle Xavier lui avait donné cent mille francs de la main à la main. Elle m'écrit qu'il a eu beaucoup de remords au sujet de cet argent dont il croyait nous frustrer. Elle ne veut pas aller contre ses intentions. Elle me demande seulement, pauvre femme, la permission de nous offrir ses vœux au Jour de l'An; et elle espère que je lui donnerai des nouvelles de tous et que je la conseillerai pour ses placements.

— Quelles valeurs oncle Xavier lui avait-il achetées?

— Des *Lombards Anciens* et des *Noblesse Russe* 3 ½ %. Avec ça, elle est tranquille[1].

— Elle habite à Niort, chez sa fille?

— Oui... figure-toi qu'elle voudrait aussi conserver nos photographies. Marie et Danièle trouvent que c'est indiscret de sa part. Mais elle promet de ne pas les exposer, de les garder dans son armoire à glace. Qu'en penses-tu? »

Jean-Louis pensait que l'humble Joséfa était entrée dans le mystère Frontenac, qu'elle en faisait partie, que rien ne l'en pourrait plus détacher. Certes, elle avait droit aux photographies, à la lettre du Jour de l'An (**62**).

« Jean-Louis, quand José sera revenu du service, il faudrait habiter ensemble, se serrer les uns contre les autres comme des petits chiens dans une corbeille... (Il savait que ce n'était pas possible.)

— Comme lorsque nous mettions nos serviettes de table sur la tête et que nous jouions à la « communauté », dans la petite pièce, tu te rappelles?

— Dire que cet appartement existe! Mais les vies effacent les vies... Bourideys, du moins, n'a pas changé.

— Hélas, reprit Jean-Louis, on fait beaucoup de coupes, ces temps-ci... Tu sais que le côté de Lassus va être rasé... Et aussi en bordure de la route... Tu imagines le moulin, quand il sera entouré de landes rases...

— Il restera toujours les pins du Parc.

— Ils « se champignonnent ». Tous les ans, quelques-uns meurent... »

Yves soupira :

« Rongés comme des hommes, les pins Frontenac!

— Yves, veux-tu que nous repartions ensemble pour Bourideys? »

Yves, sans répondre, imagina Bourideys à cette heure : dans le ciel, le vent de ce crépuscule devait unir, séparer, puis de nouveau confondre les cimes des pins, comme si ces

1. Allusion ironique aux valeurs étrangères que beaucoup d'épargnants français avaient achetées avant la Première Guerre mondiale, sur le conseil des banques ou du gouvernement. Après 1918, ces titres perdirent toute valeur, et leurs détenteurs furent ruinés.

Phot. Larousse, d'après un document communiqué par F. Mauriac.

François Mauriac dans son domaine de Malagar.

prisonniers eussent eu un secret à se transmettre et à répandre sur la terre. Après cette averse, un immense égouttement emplissait la forêt. Ils iraient, sur le perron, sentir le soir d'automne... Mais si Bourideys existait encore aux yeux d'Yves, c'était comme tout à l'heure sa mère, dans ce rêve, vivante, et pourtant il savait qu'elle était morte. Ainsi, dans le Bourideys d'aujourd'hui, ne subsistait plus que la chrysalide abandonnée de ce qui fut son enfance et son amour. Comment exprimer ces choses, même à un frère bien-aimé? Il prétexta que ce serait difficile de demeurer longtemps ensemble :

« Tu ne pourrais pas attendre que je fusse guéri. »

Jean-Louis ne lui demanda pas : guéri de quoi? (il savait qu'il aurait dû demander : guéri de qui?). Et il s'étonnait qu'il pût exister tant d'êtres charmants et jeunes, comme Yves, qui n'éprouvent l'amour que dans la souffrance. Pour eux, l'amour est une imagination torturante. Mais à Jean-Louis, il apparaissait comme la chose la plus simple, la plus aisée... Ah! s'il n'avait préféré Dieu! Il chérissait profondément Madeleine et communiait chaque dimanche; mais deux fois déjà, d'abord avec une employée au bureau, puis auprès d'une amie de sa femme, il avait eu la certitude d'un accord préétabli; il avait perçu un signe auquel il était tout près de répondre... Il lui avait fallu beaucoup prier; et il n'était point sûr de n'avoir pas péché par désir; car comment distinguer la tentation du désir? Tenant la main de son frère, dans la lueur d'une lampe de chevet, il contemplait avec un triste étonnement cette tête douloureuse, cette bouche serrée, toutes ces marques de lassitude et d'usure.

Peut-être Yves aurait-il été heureux que Jean-Louis lui posât des questions; la pudeur qui les séparait fut la plus forte. Jean-Louis aurait voulu lui dire : « Ton œuvre... » Mais c'était courir le risque de le blesser. D'ailleurs, il sentait confusément que cette œuvre, si elle devait s'épanouir, ne serait jamais que l'expression d'un désespoir. Il connaissait par cœur ce poème où Yves, presque enfant, racontait que pour l'arracher au silence, il lui fallait, comme aux pins de Bourideys, l'assaut des vents d'Ouest, une tourmente infinie.

Jean-Louis aurait voulu lui dire encore : « un foyer... une femme... d'autres enfants Frontenac... » Il aurait voulu, surtout, lui parler de Dieu. Il n'osa pas (**63**).

Un peu lus tard (c'était déjà la nuit) il se pencha sur Yves qui avait les yeux fermés, et fut surpris de le voir sourire et de l'entendre lui assurer qu'il ne dormait pas. Jean-Louis se réjouit de l'expression si tendre et si calme qu'il vit dans ce regard longuement arrêté sur le sien. Il aurait voulu connaître la pensée d'Yves, à ce moment-là; il ne se doutait pas que son jeune frère songeait au bonheur de ne pas mourir seul : non, il ne mourrait pas seul; où que la mort dût le surprendre, il croyait, il savait que son aîné serait là, lui tenant la main, et l'accompagnerait le plus loin possible, jusqu'à l'extrême bord de l'ombre.

Et là-bas, au pays des Frontenac et des Péloueyre, au-delà du quartier perdu où les routes finissent, la lune brillait sur les landes pleines d'eau; elle régnait surtout dans cette clairière que les pignadas ménagent à cinq ou six chênes très antiques, énormes, ramassés, fils de la terre et qui laissent aux pins déchirés l'aspiration vers le ciel. Des cloches de brebis assoupies tintaient brièvement dans ce parc appelé « parc de l'Homme » où un berger des Frontenac passait cette nuit d'octobre. Hors un sanglot de nocturne[1], une charrette cahotante, rien n'interrompait la plainte que, depuis l'Océan, les pins se transmettent pieusement dans leurs branches unies. Au fond de la cabane, abandonnée par le chasseur jusqu'à l'aube, les palombes aux yeux crevés et qui servent d'appeaux, s'agitaient, souffraient de la faim et de la soif. Un vol de grues grinçait dans la clarté céleste. La Téchoueyre, marais inaccessible, recueillait dans son mystère de joncs, de tourbe et d'eau les couples de biganons et de sarcelles dont l'aile siffle[2]. Le vieux Frontenac ou le vieux Péloueyre qui se fût réveillé d'entre les morts en cet endroit du monde, n'aurait découvert à aucun signe qu'il y eût rien de changé au monde. Et ces chênes, nourris depuis l'avant-dernier siècle des sucs les plus secrets de la lande, voici qu'ils vivaient, à cette minute, d'une seconde vie très éphémère, dans la pensée de ce garçon étendu au fond d'une chambre de Paris, et que son frère veillait avec

1. *Nocturne :* oiseau de nuit, au sens général; 2. « Je songe que si je voulais retrouver l'endroit où, adolescent, je chassais la palombe, bien au-delà de Saint-Symphorien, près du marais de la Teychoueyre, il me serait impossible de le reconnaître. Les pins doivent repousser au hasard, là où les chênes vénérables, qui avaient peut-être vu passer les troupeaux de mes ancêtres bergers, abritaient notre cabane. Ils ont été brûlés vivants et rien n'en subsiste plus que ces dernières pages du *Mystère Frontenac* qu'ils ont inspirées. Elles me restent chères à cause d'eux. » (*Mémoires intérieurs*, 1959.)

amour. C'était à leur ombre, songeait Yves, qu'il eût fallu creuser une profonde fosse pour y entasser, pour y presser, les uns contre les autres, les corps des époux, des frères, des oncles, des fils Frontenac. Ainsi la famille tout entière eût-elle obtenu la grâce de s'embrasser d'une seule étreinte, de se confondre à jamais dans cette terre adorée, dans ce néant.

A l'entour, penchés du même côté par le vent de mer et opposant à l'ouest leur écorce noire de pluie, les pins continueraient d'aspirer au ciel, de s'étirer, de se tendre. Chacun garderait sa blessure, — sa blessure différente de toutes les autres (chacun de nous sait pour quoi il saigne). Et lui, Yves Frontenac, blessé, ensablé comme eux, mais créature libre et qui aurait pu s'arracher du monde, avait choisi de gémir en vain, confondu avec le reste de la forêt humaine. Pourtant, aucun de ses gestes qui n'ait été le signe de l'imploration; pas un de ses cris qui n'ait été poussé vers quelqu'un.

Il se rappelait cette face consumée de sa mère, à la fin d'un beau jour de septembre, à Bourideys; ces regards qui cherchaient Dieu, au delà des plus hautes branches : « Je voudrais savoir, mon petit Yves, toi qui connais tant de choses... au ciel, pense-t-on encore à ceux qu'on a laissés sur la terre[1] ? » Comme elle ne pouvait imaginer un monde où ses fils n'eussent plus été le cœur de son cœur, Yves lui avait promis que tout amour s'accomplirait dans l'unique amour. Cette nuit, après beaucoup d'années, les mêmes paroles qu'il avait dites pour conforter sa mère, lui reviennent en mémoire. La veilleuse éclaire le visage admirable de Jean-Louis endormi. Ô filiation divine! ressemblance avec Dieu! Le mystère Frontenac échappait à la destruction, car il était un rayon de l'éternel amour réfracté à travers une race. L'impossible union des époux, des frères et des fils serait consommée avant qu'il fût longtemps, et les derniers pins de Bourideys verraient passer — non plus à leurs pieds, dans l'allée qui va au gros chêne, mais très haut et très loin au-dessus de leurs cimes, — le groupe éternellement serré de la mère et de ses cinq enfants (**64**).

1. V. p. 57, avant-dernier paragraphe.

DOCUMENTATION THÉMATIQUE

réunie par la Rédaction des Nouveaux Classiques Larousse.

1. QUE REPRÉSENTE LE PERSONNAGE D'UN ROMAN?

1.1. Le romancier a pour vocation de créer des personnages. F. Mauriac, dans un ouvrage publié par les éditions Corrêâ en 1933, *le Romancier et ses personnages* (© Buchet/Chastel-Paris), écrit :

> De cet art (= l'art du romancier) si vanté et si honni, nous devons dire que, s'il atteignait son objet, qui est la complexité d'une vie humaine, il serait incomparablement ce qui existe de plus divin au monde ; la promesse de l'antique serpent serait tenue et nous autres, romanciers, serions semblables à des dieux. Mais hélas ! que nous en sommes éloignés ! C'est le drame des romanciers de la nouvelle génération d'avoir compris que les peintures de caractères selon les modèles du roman classique n'ont rien à voir avec la vie. Même les plus grands, Tolstoï, Dostoïevski, Proust, n'ont pu que s'approcher, sans l'étreindre vraiment, de ce tissu vivant où s'entrecroisent des millions de fils, qu'est une destinée humaine. Le romancier qui a une fois compris que c'est cela qu'il a mission de restituer, ou bien il n'écrira plus que sans confiance et sans illusion ses petites histoires, selon les formules habituelles, ou bien il sera tenté par les recherches d'un Joyce, d'une Virginia Woolf, il s'efforcera de découvrir un procédé, par exemple le monologue intérieur, pour exprimer cet immense monde enchevêtré toujours changeant, jamais immobile, qu'est une seule conscience humaine, et il s'épuisera à en donner une vue simultanée. Mais il y a plus : aucun homme n'existe isolément, nous sommes tous engagés profondément dans la pâte humaine. L'individu, tel que l'étudie le romancier, est une fiction. C'est pour sa commodité, et parce que c'est plus facile, qu'il peint des êtres détachés de tous les autres, comme le biologiste transporte une grenouille dans son laboratoire.
>
> Si le romancier veut atteindre l'objectif de son art, qui est de peindre la vie, il devra s'efforcer de rendre cette symphonie humaine où nous sommes tous engagés, où toutes les destinées se prolongent dans les autres et se compénètrent. Hélas ! il est à craindre que ceux qui cèdent à cette ambition, quel que soit leur talent ou même leur génie, n'aboutissent à un échec. Il y a je ne sais quoi de désespéré dans la tentative d'un Joyce. Je ne crois pas qu'aucun artiste réussisse jamais à surmonter la contradiction qui est inhérente à l'art du roman. D'une part, il a la prétention d'être la science de l'homme, — de l'homme, monde fourmillant

qui dure et qui s'écoule, — et il ne sait qu'isoler de ce fourmillement et que fixer sous sa lentille une passion, une vertu, un vice qu'il amplifie démesurément : le père Goriot ou l'amour paternel, la cousine Bette ou la jalousie, le père Grandet ou l'avarice. D'autre part, le roman a la prétention de nous peindre la vie sociale, et il n'atteint jamais que des individus après avoir coupé la plupart des racines qui les rattachent au groupe. En un mot, dans l'individu, le romancier isole et immobilise une passion, et dans le groupe il isole et immobilise un individu. Et, ce faisant, on peut dire que ce peintre de la vie exprime le contraire de ce qu'est la vie : l'art du romancier est une faillite.

Même les plus grands : Balzac, par exemple. On dit qu'il a peint une société : au vrai, il a juxtaposé, avec une admirable puissance, des échantillons nombreux de toutes les classes sociales sous la Restauration et sous la monarchie de Juillet, mais chacun de ses types est aussi autonome qu'une étoile l'est de l'autre. Ils ne sont reliés l'un à l'autre que par le fil ténu de l'intrigue ou que par le lien d'une passion misérablement simplifiée. C'est sans aucun doute, jusqu'à aujourd'hui, l'art de Marcel Proust qui aura le mieux surmonté cette contradiction inhérente au roman et qui aura le mieux atteint à peindre les êtres sans les immobiliser et sans les diviser. Ainsi, nous devons donner raison à ceux qui prétendent que le roman est le premier des arts. Il l'est, en effet, par son objet, qui est l'homme. Mais nous ne pouvons donner tort à ceux qui en parlent avec dédain, puisque, dans presque tous les cas, il détruit son objet en décomposant l'homme et en falsifiant la vie.

Et, pourtant, il est indéniable que nous avons le sentiment, nous autres romanciers, que telles de nos créatures vivent plus que d'autres. La plupart sont déjà mortes et ensevelies dans l'oubli éternel, mais il y en a qui survivent, qui tournent autour de nous comme si elles n'avaient pas dit leur dernier mot, comme si elles attendaient de nous leur dernier accomplissement.

Malgré tout, il y a là un phénomène qui doit rendre courage au romancier et retenir son attention. Cette survie est très différente de celle des types célèbres du roman, qui demeurent, si j'ose dire, accrochés dans l'histoire de la littérature, comme des toiles fameuses dans les musées. Il ne s'agit pas ici de l'immortalité dans la mémoire des hommes du père Goriot ou de Mme Bovary, mais plus humblement, et sans doute, hélas ! pour peu de temps, nous sentons que tel personnage, que telle femme d'un de nos livres, occupent encore quelques lecteurs, comme s'ils espéraient que ces êtres imaginaires les pussent éclairer sur eux-mêmes et leur livrer le mot de leur propre énigme. En général, ces personnages, plus vivants que leurs camarades, sont de contour moins défini. La part du mystère, de l'incertain, du possible est plus grande en eux que dans les autres. Pourquoi Thérèse Desqueyroux a-t-elle voulu empoisonner son mari? Ce point d'interrogation a beaucoup fait pour retenir au milieu de nous son ombre douloureuse. A son propos, quelques lectrices ont pu faire un retour sur elles-mêmes et chercher auprès de Thérèse un éclaircissement de leur propre secret; une complicité, peut-être. Ces personnages ne sont pas soutenus par leur propre vie : ce sont nos lecteurs, c'est l'inquiétude des cœurs vivants qui pénètre et gonfle ces fantômes, qui leur permet de flotter un instant dans les salons de province, autour de la lampe où une jeune femme s'attarde à lire et appuie le coupe-papier sur sa joue brûlante.

Au romancier conscient d'avoir échoué dans son ambition de peindre la vie, il reste donc ce mobile, cette raison d'être : quels que soient ses personnages, ils agissent, ils ont une action sur les hommes. S'ils échouent à les représenter, ils réussissent à troubler leur quiétude, ils les réveillent, et ce n'est déjà pas si mal. Ce qui donne au romancier le sentiment de l'échec, c'est l'immensité de sa prétention. Mais, dès qu'il a consenti à n'être pas un dieu dispensateur de vie, dès qu'il se résigne à avoir une action viagère sur quelques-uns de ses contemporains, fût-ce grâce à un art élémentaire et factice, il ne se trouve plus si mal partagé.

1.2. Les relations entre les personnages et l'auteur.

P.-H. Simon, dans un article des *Nouvelles Littéraires* (25 février 1954) tente d'élucider ce problème (© Nouvelles Littéraires) :

> Romanciers et critiques sont bien d'accord sur un point, c'est qu'un personnage de roman, pour être réussi, doit donner une impression d'absolue indépendance à l'égard de son créateur. Le romancier avoue que son meilleur personnage est celui qui lui échappe, qui sort des limites, qui ne s'assied pas à sa place et dit ce qu'on n'attendait pas. Et le critique, dès qu'il pressent dans un caractère une intention trop appuyée, ou dans le mouvement du récit une pente trop construite, fronce les sourcils et retue, une fois de plus, la littérature à thèse.
>
> Et, sans doute, l'un et l'autre ont raison. En étendant ses conquêtes, le roman a mieux reconnu son essence, et s'est séparé toujours davantage de son origine : le conte. Le conte est fait pour amuser ou prouver; il est un produit immédiat de l'intelligence et, comme le meilleur montreur de marionnettes est celui qui en tient bien tous les fils, le meil-

leur conteur conçoit le personnage le plus clair, le plus docile et le plus démonstratif : tels Gil Blas, Candide, Thomas Graindorge ou Jérôme Coignard. Au contraire, le roman a pour objet la vie même, spontanée et fluide, mystérieuse et informulable ; il ne veut que des héros singuliers, inclassables, délivrés de la tutelle paternelle, majeurs ou émancipés : « Il s'agit, a dit Mauriac, de laisser à nos héros l'illogisme, l'indétermination, la complexité des êtres vivants. »

Sartre, dans une dissertation fameuse précisément dirigée contre Mauriac, a prétendu qu'un romancier qui croit à une essence humaine, à une loi morale et surtout à une prédestination divine, échouera toujours à créer des personnages autonomes : toujours il voudra gouverner leur liberté, sonder leurs reins et leurs cœurs, juger leurs sentiments et leurs actes — en un mot, prendre la place de Dieu. Or « Dieu n'est pas un bon romancier », car il ne laisse pas ses créatures libres, et le roman doit être d'abord le spectacle de la liberté. Et pourtant, Jean Prévost, qui était loin du point de vue d'une critique religieuse, disait, en commentant Stendhal, du plaisir de lire un roman : « Nous sommes invités à comprendre sans cesse, le lecteur est présent et voit tout comme un Dieu » — ce qui signifie que le personnage de roman, loin d'être une liberté pure, un projet indéfini et inexplicable, nous intéresse, au contraire, comme un être pénétré et dominé par notre intelligence, pleinement révélé à elle et dont la liberté même obéit à une logique intérieure qu'il nous plaît d'avoir démontée et comprise. Comment cela serait-il si le romancier l'avait laissé courir au hasard et s'était fait une règle de ne rapporter que ses gestes, sans jamais descendre au foyer de sa volonté ?

Ce serait, en effet, une erreur de croire que l'idée d'un être absolument indéterminé dans ses manières de sentir et d'agir pourrait longtemps être chargée d'intensité pathétique et d'intérêt dramatique. Non qu'il soit défendu à un romancier de montrer des actes gratuits ou des cas de psychologie incohérente ; mais il ne saurait s'en faire un principe et un procédé. Le personnage de roman n'échappe pas beaucoup plus que le personnage de théâtre à l'obligation d'être un caractère. Dostoïevski est le type du romancier non cartésien, qui a rendu à la création romanesque sa fluidité et son mystère. Qui oserait dire, pourtant, que ses personnages sont incohérents, se confondent et se décomposent, entremêlent des destinées fortuites ou interchangeables ? On nous apprend que, dans le premier projet de *l'Idiot,* c'est Muichkine qui assassinait ; mais pourquoi le romancier a-t-il modifié son plan sinon parce qu'il a senti plus de nécessité au crime de Rogojine ? Et, de même, les incarnations successives de Vautrin ne sont qu'apparemment paradoxales : le caractère fondamental du personnage supporte ou même appelle les transformations qui ont plu à la fantaisie du romancier.

Et puis, enfin, qu'est-ce qu'un personnage de roman ? Si intense que soit sa figure, il n'existe tout de même pas comme une personne, avec une âme et un corps, hors du livre : c'est un état de la conscience de l'auteur, qui se prolonge, par un miracle de poésie, dans la sympathie d'innombrables lecteurs. Mais il serait puéril de penser qu'il a une autre vie que celle que nous lui donnons. Gaétan Picon ayant constaté que Malraux, à la différence de Proust ou de Balzac, « ne cherche nullement à donner à chaque personnage une voix personnelle, à le délivrer de son créateur », Malraux a justement répondu que la tendance des grands romanciers, même Balzac et Proust, est moins de créer des personnages qu'un climat, « un monde cohérent et particulier », conforme au génie de chacun, où se meuvent des héros toujours transfigurés et toujours symboliques ; qu'en somme la parfaite autonomie des créatures est illusoire : elles naissent d'un dialogue ou d'un déchirement de la conscience créatrice, « le personnage est suscité par le drame, non le drame par le personnage ».

Ce qui est vrai aussi, c'est que le bon romancier se garde bien de prédéterminer systématiquement la figure de ses personnages ; il ne permet pas à la construction rationnelle de bloquer le jeu d'un mécanisme plus secret, mais encore logique, où la sensibilité, l'imagination, les forces mêmes de l'inconscient dictent à un caractère situé des mots non préparés, des gestes inattendus, qui surprennent la main même qui tient la plume. Nos personnages ne sont pas libres d'une liberté d'indétermination, qui leur ôterait toute identité psychologique ; ils conquièrent peu à peu, au fur et à mesure que nous pétrissons leur histoire, la véritable liberté qui est d'agir selon leur nature, c'est-à-dire selon la nôtre, puisqu'ils naissent de nous.

1.3. Le nouveau roman et le personnage.

Dans un recueil d'articles et de conférences, Robbe-Grillet expose sa position en termes clairs : *Sur quelques notions périmées : le personnage* (© Les Editions de Minuit, *Pour un nouveau roman*).

> Nous en a-t-on assez parlé, du « personnage » ! Et ça ne semble, hélas, pas près de finir. Cinquante années de maladie, le constat de son décès enregistré à maintes reprises par les plus sérieux essayistes, rien n'a encore réussi à le faire tomber du piédestal où l'avait placé le XIXe siècle. C'est une momie à présent, mais qui trône toujours avec la même

majesté — quoique postiche — au milieu des valeurs que révère la critique traditionnelle. C'est même là qu'elle reconnaît le « vrai » romancier : « il crée des personnages »...
Pour justifier le bien-fondé de ce point de vue, on utilise le raisonnement habituel : Balzac nous a laissé le Père Goriot, Dostoïevski a donné le jour aux Karamazov, écrire des romans ne peut plus donc être que cela : ajouter quelques figures modernes à la galerie de portraits que constitue notre histoire littéraire.

Un personnage, tout le monde sait ce que le mot signifie. Ce n'est pas un *il* quelconque, anonyme et translucide, simple sujet de l'action exprimée par le verbe. Un personnage doit avoir un nom propre, double si possible : nom de famille et prénom. Il doit avoir des parents, une hérédité. Il doit avoir une profession. S'il a des biens, cela n'en vaudra que mieux. Enfin il doit posséder un « caractère », un visage qui le reflète, un passé qui a modelé celui-ci et celui-là. Son caractère dicte ses actions, le fait réagir de façon déterminée à chaque événement. Son caractère permet au lecteur de le juger, de l'aimer, de le haïr. C'est grâce à ce caractère qu'il léguera un jour son nom à un type humain, qui attendait, dirait-on, la consécration de ce baptême.

Car il faut à la fois que le personnage soit unique et qu'il se hausse à la hauteur d'une catégorie. Il lui faut assez de particularité pour demeurer irremplaçable, et assez de généralité pour devenir universel. On pourra, pour varier un peu, pour se donner quelque impression de liberté, choisir un héros qui paraisse transgresser l'une de ces règles : un enfant trouvé, un oisif, un fou, un homme dont le caractère incertain ménage çà et là une petite surprise... On n'exagérera pas, cependant, dans cette voie : c'est celle de la perdition, celle qui conduit tout droit au roman moderne.

Aucune des grandes œuvres contemporaines ne correspond en effet sur ce point aux normes de la critique. Combien de lecteurs se rappellent le nom du narrateur dans *la Nausée* ou dans *l'Etranger?* Y a-t-il là des types humains ? Ne serait-ce pas au contraire la pire absurdité que de considérer ces livres comme des études de caractère ? Et le *Voyage au bout de la nuit,* décrit-il un personnage ? Croit-on d'ailleurs que c'est par hasard que ces trois romans sont écrits à la première personne ? Beckett change le nom et la forme de son héros dans le cours d'un même récit. Faulkner donne exprès le même nom à deux personnes différentes. Quant au K. du *Château,* il se contente d'une initiale, il ne possède rien, il n'a pas de famille, pas de visage ; probablement même n'est-il pas du tout arpenteur.

On pourrait multiplier les exemples. En fait, les créateurs

de personnages, au sens traditionnel, ne réussissent plus à nous proposer que des fantoches auxquels eux-mêmes ont cessé de croire. Le roman de personnages appartient bel et bien au passé, il caractérise une époque : celle qui marqua l'apogée de l'individu.

Peut-être n'est-ce pas un progrès, mais il est certain que l'époque actuelle est plutôt celle du numéro matricule. Le destin du monde a cessé, pour nous, de s'identifier à l'ascension ou à la chute de quelques hommes, de quelques familles. Le monde lui-même n'est plus cette propriété privée, héréditaire et monnayable, cette sorte de proie, qu'il s'agissait moins de connaître que de conquérir. Avoir un nom, c'était très important sans doute au temps de la bourgeoisie balzacienne. C'était important, un caractère, d'autant plus important qu'il était davantage l'arme d'un corps-à-corps, l'espoir d'une réussite, l'exercice d'une domination. C'était quelque chose d'avoir un visage dans un univers où la personnalité représentait à la fois le moyen et la fin de toute recherche.

Notre monde, aujourd'hui, est moins sûr de lui-même, plus modeste peut-être puisqu'il a renoncé à la toute-puissance de la personne, mais plus ambitieux aussi puisqu'il regarde au-delà. Le culte exclusif de « l'humain » a fait place à une prise de conscience plus vaste, moins anthropocentriste. Le roman paraît chanceler, ayant perdu son meilleur soutien d'autrefois, le héros. S'il ne parvient pas à s'en remettre, c'est que sa vie était liée à celle d'une société maintenant révolue. S'il y parvient, au contraire, une nouvelle voie s'ouvre pour lui, avec la promesse de nouvelles découvertes.

1.4. Une critique systématique : N. Sarraute.

N. Sarraute, dans un essai intitulé *l'Ere du soupçon* et publié dans *les Temps modernes* en février 1950, analyse ainsi la situation (© Editions Gallimard) :

Les critiques ont beau préférer, en bons pédagogues, faire semblant de ne rien remarquer, et par contre ne jamais manquer une occasion de proclamer sur le ton qui sied aux vérités premières que le roman, que je sache, est et restera toujours, avant tout, « une histoire où l'on voit agir et vivre des personnages », qu'un romancier n'est digne de ce nom que s'il est capable de « croire » à ses personnages, ce qui lui permet de les rendre « vivants » et de leur donner une « épaisseur romanesque »; ils ont beau distribuer sans compter les éloges à ceux qui savent encore, comme Balzac ou Flaubert, « camper » un héros de roman et ajouter une « inoubliable figure » aux figures inoubliables dont ont peuplé notre univers tant de maîtres illustres; ils ont beau faire miroiter devant les jeunes écrivains le mirage des récompenses exquises qui attendent, dit-on, ceux dont la foi est la plus vivace : ce moment bien connu de quelques « vrais romanciers » où le personnage, tant la croyance en lui de son auteur et l'intérêt qu'il lui porte sont intenses, se met soudain, telles les tables tournantes, animé par un fluide mystérieux, à se mouvoir de son propre mouvement et à entraîner à sa suite son créateur ravi qui n'a plus qu'à se laisser à son tour guider par sa créature; enfin les critiques ont beau joindre aux promesses les menaces et avertir les romanciers que, s'ils n'y prennent garde, le cinéma, leur rival mieux armé, viendra ravir le sceptre à leurs mains indignes — rien n'y fait. Ni reproches ni encouragements ne parviennent à ranimer une foi languissante.

Et, selon toute apparence, non seulement le romancier ne croit plus guère à ses personnages, mais le lecteur, de son côté, n'arrive plus à y croire. Aussi voit-on le personnage de roman, privé de ce double soutien, la foi en lui du romancier et du lecteur, qui le faisait tenir debout, solidement d'aplomb, portant sur ses larges épaules tout le poids de l'histoire, vaciller et se défaire.

Depuis les temps heureux d'*Eugénie Grandet* où, parvenu au faîte de sa puissance, il trônait entre le lecteur et le romancier, objet de leur ferveur commune, tels les Saints des tableaux primitifs entre les donateurs, il n'a cessé de perdre successivement tous ses attributs et prérogatives.

Il était très richement pourvu, comblé de biens de toute sorte, entouré de soins minutieux; rien ne lui manquait, depuis les boucles d'argent de sa culotte jusqu'à la loupe veinée au bout de son nez. Il a, peu à peu, tout perdu : ses ancêtres, sa maison soigneusement bâtie, bourrée de la cave au grenier d'objets de toute espèce, jusqu'aux plus menus colifichets, ses propriétés et ses titres de rente, ses vêtements, son corps, son visage, et, surtout, ce bien précieux entre tous, son caractère qui n'appartenait qu'à lui, et souvent jusqu'à son nom.

Aujourd'hui, un flot toujours grossissant nous inonde, d'œuvres littéraires qui prétendent encore être des romans et où un être sans contours, indéfinissable, insaisissable et invisible, un « je » anonyme qui est tout et qui n'est rien et qui n'est le plus souvent qu'un reflet de l'auteur lui-même, a usurpé le rôle du héros principal et occupe la place d'honneur. Les personnages qui l'entourent, privés d'existence propre, ne sont plus que des visions, rêves, cauchemars, illusions, reflets, modalités ou dépendances de ce « je » tout-puissant.

Et l'on pourrait se rassurer en songeant que ce procédé est l'effet d'un égocentrisme propre à l'adolescence, d'une timidité ou d'une inexpérience de débutant, si cette maladie juvénile n'avait frappé précisément les œuvres les plus importantes de notre temps (depuis *A la recherche du temps perdu* et *Paludes* jusqu'au *Miracle de la rose*, en passant par *les Cahiers de Malte Laurids Brigge*, le *Voyage au bout de la nuit* et *la Nausée*), celles où leurs auteurs ont montré d'emblée tant de maîtrise et une si grande puissance d'attaque.

Ce que révèle, en effet, cette évolution actuelle du personnage de roman est tout à l'opposé d'une régression à un stade infantile.

Elle témoigne, à la fois chez l'auteur et chez le lecteur, d'un état d'esprit singulièrement sophistiqué. Non seulement ils se méfient du personnage de roman, mais, à travers lui, ils se méfient l'un de l'autre. Il était le terrain d'entente, la base solide d'où ils pouvaient d'un commun effort s'élancer vers des recherches et des découvertes nouvelles. Il est devenu le lieu de leur méfiance réciproque, le terrain dévasté où ils s'affrontent. Quand on examine sa situation actuelle, on est tenté de se dire qu'elle illustre à merveille le mot de Stendhal : « le génie du soupçon est venu au monde ». Nous sommes entrés dans l'ère du soupçon.

Et tout d'abord le lecteur, aujourd'hui, se méfie de ce que lui propose l'imagination de l'auteur. « Plus personne, se plaint M. Jacques Tournier, n'ose avouer qu'il invente. Le document seul importe, précis, daté, vérifié, authentique. L'œuvre d'imagination est bannie, parce qu'inventée... (Le public) a besoin, pour croire à ce qu'on lui raconte, d'être sûr qu'on ne le « lui fait pas »... Plus rien ne compte que le petit fait vrai... »

Seulement M. Tournier ne devrait pas se montrer si amer. Cette prédilection pour le « petit fait vrai », qu'au fond de son cœur chacun de nous éprouve, n'est pas l'indice d'un esprit timoré et rassis, toujours prêt à écraser sous le poids des « réalités solides » toute tentative audacieuse, toute velléité d'évasion. Bien au contraire, il faut rendre au lecteur cette justice, qu'il ne se fait jamais bien longtemps tirer l'oreille pour suivre les auteurs sur des pistes nouvelles. Il n'a jamais vraiment rechigné devant l'effort. Quand il consentait à examiner avec une attention minutieuse chaque détail du costume du père Grandet et chaque objet de sa maison, à évaluer ses peupliers et ses arpents de vigne et à surveiller ses opérations de Bourse, ce n'était pas par goût des réalités solides ni par besoin de se blottir douillettement au sein d'un univers connu, aux contours rassurants. Il savait bien où l'on voulait le conduire. Et que ce n'était pas vers la facilité.

Quelque chose d'insolite, de violent, se cachait sous ces apparences familières. Tous les gestes du personnage en retraçaient quelque aspect ; le plus insignifiant bibelot en faisait miroiter une facette. C'était cela qu'il s'agissait de mettre au jour, d'explorer jusqu'à ses extrêmes limites, de fouiller dans tous ses replis : une matière dense, toute neuve, qui résistait à l'effort et attisait la passion de la recherche. La conscience de cet effort et de la validité de cette recherche justifiait l'outrecuidance avec laquelle l'auteur, sans craindre de lasser la patience du lecteur, l'obligeait à ces inspections fureteuses de ménagère, à ces calculs de notaire, à ces estimations de commissaire-priseur. Elle justifiait la docilité du lecteur. C'était là, ils le savaient tous deux, que se logeait ce qui était alors leur grande affaire. Là, et nulle part ailleurs : aussi inséparable de l'objet que l'était, dans un tableau de Chardin la couleur jaune, du citron ou, sur une toile de Véronèse, le bleu, du ciel. De même que la couleur jaune *était* le citron et la couleur bleue le ciel, et qu'ils ne pouvaient se concevoir l'un sans l'autre, l'avarice *était* le père Grandet, elle en constituait toute la substance, elle l'emplissait jusqu'aux bords et elle recevait de lui, à son tour, sa forme et sa vigueur.

Plus fortement charpenté, mieux construit, plus richement orné était l'objet, plus riche et nuancée était la matière.

Est-ce la faute du lecteur si elle a, depuis lors, cette matière, acquis pour lui la molle consistance et la fadeur des nourritures remâchées, et l'objet où l'on voudrait aujourd'hui l'enfermer, la plate apparence du trompe-l'œil ?

La vie à laquelle, en fin de compte, tout en art se ramène (cette « intensité de vie » qui, « décidément, disait Gide, fait la valeur d'une chose »), a abandonné ces formes autrefois si pleines de promesses, et s'est transportée ailleurs. Dans son mouvement incessant qui la fait se déplacer toujours vers cette ligne mobile où parvient à un moment donné la recherche et où porte tout le poids de l'effort, elle a brisé les cadres du vieux roman et rejeté, les uns après les autres, les vieux accessoires inutiles. Les loupes et les gilets rayés, les caractères et les intrigues pourraient continuer à varier à l'infini sans révéler aujourd'hui autre chose qu'une réalité dont chacun connaît, pour l'avoir parcourue en tous sens, la moindre parcelle. Au lieu, comme au temps de Balzac, d'inciter le lecteur à accéder à une vérité qui se conquiert de haute lutte, ils sont une concession dangereuse à son penchant à la paresse — et aussi à celui de l'auteur — à sa crainte du dépaysement. Le coup d'œil le plus rapide jeté autour de lui, le plus fugitif contact, révèlent plus de choses au lecteur que toutes ces apparences qui n'ont d'autre but que de vêtir le personnage de vraisemblance. Il lui suffit de puiser dans le stock immense que sa propre expérience ne cesse de grossir pour suppléer à ces fastidieuses descriptions.

Quant au caractère, il sait bien qu'il n'est pas autre chose que l'étiquette grossière dont lui-même se sert, sans trop y croire, pour la commodité pratique, pour régler, en très gros, ses conduites. Et il se méfie des actions brutales et spectaculaires qui façonnent à grandes claques sonores les caractères ; et aussi de l'intrigue qui, s'enroulant autour du personnage comme une bandelette, lui donne, en même temps qu'une apparence de cohésion et de vie, la rigidité des momies.

Enfin, M. Tournier a raison : il se méfie de tout. C'est qu'il a, depuis quelques temps, appris à connaître trop de choses, et qu'il ne parvient pas à oublier tout à fait ce qu'il a appris. Ce qu'il a appris, chacun le sait trop bien, pour qu'il soit utile d'insister. Il a connu Joyce, Proust et Freud ; le ruissellement, que rien au-dehors ne permet de déceler, du monologue intérieur, le foisonnement infini de la vie psychologique et les vastes régions encore à peine défrichées de l'inconscient. Il a vu tomber les cloisons étanches qui séparaient les personnages les uns des autres, et le héros de roman devenir une limitation arbitraire, un découpage conventionnel pratiqué sur la trame commune que chacun contient tout entière et qui capte et retient dans ses mailles innombrables tout l'univers. Comme le chirurgien qui fixe son regard sur l'endroit précis où doit porter son effort, l'isolant du corps endormi, il a été amené à concentrer toute son attention et sa curiosité sur quelque état psychologique nouveau, oubliant le personnage immobile qui lui sert de support de hasard. Il a vu le temps cesser d'être ce courant rapide qui poussait en avant l'intrigue pour devenir une eau dormante au fond de laquelle s'élaborent de lentes et subtiles décompositions ; il a vu nos actes perdre leurs mobiles courants et leurs significations admises, des sentiments inconnus apparaître et les mieux connus changer d'aspect et de nom.

Il a si bien et tant appris qu'il s'est mis à douter que l'objet fabriqué que les romanciers lui proposent puisse receler les richesses de l'objet réel. Et puisque les auteurs qui pratiquent la méthode objective prétendent qu'il est vain de s'efforcer de reproduire l'infinie complexité de la vie, et que c'est au lecteur de se servir de ses propres richesses et des instruments d'investigation qu'il possède pour arracher son mystère à l'objet fermé qu'ils lui montrent, il préfère ne s'efforcer qu'à bon escient et s'attaquer aux faits réels.

« Le petit fait vrai », en effet, possède sur l'histoire inventée d'incontestables avantages. Et tout d'abord celui d'être vrai. De là lui vient sa force de conviction et d'attaque, sa noble insouciance du ridicule et du mauvais goût, et cette audace tranquille, cette désinvolture qui lui permet de franchir les limites étriquées où le souci de la vraisemblance tient captifs les romanciers les plus hardis et de faire reculer très loin les frontières du réel. Il nous fait aborder à des régions inconnues où aucun écrivain n'aurait songé à s'aventurer, et nous mène d'un seul bond aux abîmes.

Quelle histoire inventée pourrait rivaliser avec celle de la séquestrée de Poitiers ou avec les récits des camps de concentration ou de la bataille de Stalingrad ? Et combien faudrait-il de romans, de personnages, de situations et d'intrigues pour fournir au lecteur une matière qui égalerait en richesse et en subtilité celle qu'offre à sa curiosité et à sa réflexion une monographie bien faite ?

C'est donc pour de très saines raisons que le lecteur préfère aujourd'hui le document vécu (ou du moins ce qui en a la rassurante apparence) au roman. Et la vogue récente du roman américain ne vient pas, comme on pourrait le croire, démentir cette préférence. Bien au contraire, elle la confirme. Cette littérature — que le lecteur américain cultivé a dédaignée, précisément pour les raisons que nous venons d'indiquer, — en transportant le lecteur français dans un univers étranger sur lequel il n'avait aucune prise, endormait sa méfiance, excitait en lui cette curiosité crédule qu'éveillent les récits de voyages et lui donnait l'impression délicieuse de s'évader dans un monde inconnu. Maintenant qu'il s'est plus ou moins assimilé ces nourritures exotiques — qui se sont révélées comme étant, malgré leur richesse et leur diversité apparentes, bien moins fortifiantes qu'on ne croyait — le lecteur français, à son tour, s'en détourne.

Tous ces sentiments du lecteur à l'égard du roman, l'auteur, il va sans dire, les connaît d'autant mieux que, lecteur lui-même, et souvent assez averti, il les éprouve.

Aussi, quand il songe à raconter une histoire et qu'il se dit qu'il lui faudra, sous l'œil narquois du lecteur, se résoudre à écrire : « La marquise sortit à cinq heures », il hésite, le cœur lui manque, non, décidément, il ne peut pas.

Si, rassemblant son courage, il se décide à ne pas rendre à la marquise les soins que la tradition exige et à ne parler que de ce qui, aujourd'hui, l'intéresse, il s'aperçoit que le ton impersonnel, si heureusement adapté aux besoins du vieux roman, ne convient pas pour rendre compte des états complexes et ténus qu'il cherche à découvrir. Ces états, en effet, sont comme ces phénomènes de la physique moderne, si délicats et infimes qu'un rayon de lumière ne peut les éclairer sans qu'il les trouble et les déforme. Aussi, dès que le romancier essaie de les décrire sans révéler sa présence, il lui semble entendre le lecteur, pareil à cet enfant à qui sa mère lisait pour la première fois une histoire, l'arrêter en demandant : « Qui dit ça ? »

Le récit à la première personne satisfait la curiosité légitime du lecteur et apaise le scrupule non moins légitime de l'auteur. En outre, il possède au moins une apparence d'expérience vécue, d'authenticité, qui tient le lecteur en respect et apaise sa méfiance.

Et puis, personne ne se laisse plus tout à fait égarer par ce procédé commode qui consiste pour le romancier à débiter parcimonieusement des parcelles de lui-même et à les vêtir de vraisemblance en les répartissant, forcément un peu au petit bonheur (car si elles sont prélevées sur une coupe pratiquée à une certaine profondeur, elles se retrouvent, identiques, chez tous) entre des personnages d'où, à son tour, le lecteur, par un travail de décortication, les dégage pour les replacer, comme au jeu de loto, dans les cases correspondantes qu'il retrouve en lui-même.

Aujourd'hui chacun se doute bien, sans qu'on ait besoin de le lui dire, que « la Bovary — c'est moi ». Et puisque ce qui maintenant importe c'est, bien plutôt que d'allonger indéfiniment la liste des types littéraires, de montrer la coexistence de sentiments contradictoires et de rendre, dans la mesure du possible, la richesse et la complexité de la vie psychologique, l'écrivain, en toute honnêteté, parle de soi. Mais il y a plus : si étrange que cela puisse paraître, cet auteur que la perspicacité grandissante et la méfiance du lecteur intimident, se méfie, de son côté, de plus en plus, du lecteur.

Le lecteur, en effet, même le plus averti, dès qu'on l'abandonne à lui-même, c'est plus fort que lui, typifie.

Il le fait — comme d'ailleurs le romancier, aussitôt qu'il se repose — sans même s'en apercevoir, pour la commodité de la vie quotidienne, à la suite d'un long entraînement. Tel le chien de Pavlov, à qui le tintement d'une clochette fait sécréter de la salive, sur le plus faible indice il fabrique des personnages. Comme au jeu des « statues », tous ceux qu'il touche se pétrifient. Ils vont grossir dans sa mémoire la vaste collection de figurines de cire que tout au long de ses journées il complète à la hâte et que, depuis qu'il a l'âge de lire, n'ont cessé d'enrichir d'innombrables romans.

Or, nous l'avons vu, les personnages, tels que les concevait le vieux roman (et tout le vieil appareil qui servait à les mettre en valeur), ne parviennent plus à contenir la réalité psychologique actuelle. Au lieu, comme autrefois, de la révéler, ils l'escamotent.

Aussi, par une évolution analogue à celle de la peinture — bien qu'infiniment plus timide et plus lente, coupée de longs arrêts et de reculs — l'élément psychologique, comme l'élément pictural, se libère insensiblement de l'objet avec lequel il faisait corps. Il tend à se suffire à lui-même et à se passer le plus possible de support. C'est sur lui que tout l'effort de recherche du romancier se concentre, et sur lui que doit porter tout l'effort d'attention du lecteur.

Il faut donc empêcher le lecteur de courir deux lièvres à la fois, et puisque ce que les personnages gagnent en vitalité facile et en vraisemblance, les états psychologiques auxquels ils servent de support le perdent en vérité profonde, il faut éviter qu'il disperse son attention et la laisse accaparer par les personnages, et, pour cela, le priver le plus possible de tous les indices dont, malgré lui, par un penchant naturel, il s'empare pour fabriquer des trompe-l'œil.

Voilà pourquoi le personnage n'est plus aujourd'hui que l'ombre de lui-même. C'est à contre-cœur que le romancier lui accorde tout ce qui peut le rendre trop facilement repérable : aspect physique, gestes, actions, sensations, sentiments courants, depuis longtemps étudiés et connus, qui contribuent à lui donner à si bon compte l'apparence de la vie et offrent une prise si commode au lecteur[1]. Même le nom dont il lui faut, de toute nécessité, l'affubler, est pour le romancier une gêne. Gide évite pour ses personnages les noms patronymiques qui risquent de les planter d'emblée solidement dans un univers trop semblable à celui du lecteur, et préfère les prénoms peu usuels. Le héros de Kafka n'a pour tout nom qu'une initiale, celle de Kafka lui-même. Joyce désigne par H. C. E., initiales aux interprétations multiples, le héros protéiforme de *Finnegans Wake*.

Et c'est bien mal rendre justice à l'audacieuse et très valable tentative de Faulkner, si révélatrice des préoccupations des romanciers actuels, que d'attribuer à un besoin pervers et enfantin de mystifier le lecteur le procédé employé par lui dans *le Bruit et la fureur* et qui consiste à donner le même prénom à deux personnages différents[2]. Ce prénom qu'il promène d'un personnage à l'autre sous l'œil agacé du lecteur, comme le morceau de sucre sous le nez du chien, force le lecteur à se tenir constamment sur le qui-vive. Au

1. « Pas une seule fois, s'écriait Proust, un de mes personnages ne ferme une fenêtre, ne se lave les mains, ne passe un pardessus, ne dit une formule de présentation. S'il y avait même quelque chose de nouveau dans ce livre, ce serait cela... » (*Lettre à Robert Dreyfus*) ; **2.** Quentin est le prénom de l'oncle et de la nièce. Caddy, celui de la mère et de la fille.

lieu de se laisser guider par les signes qu'offrent à sa paresse et à sa hâte les usages de la vie quotidienne, il doit, pour identifier les personnages, les reconnaître aussitôt, comme l'auteur lui-même, par le dedans, grâce à des indices qui ne lui sont révélés que si, renonçant à ses habitudes de confort, il plonge en eux aussi loin que l'auteur et fait sienne sa vision.

Tout est là, en effet : reprendre au lecteur son bien et l'attirer coûte que coûte sur le terrain de l'auteur. Pour y parvenir, le procédé qui consiste à désigner par un « je » le héros principal, constitue un moyen à la fois efficace et facile, et, pour cette raison, sans doute, si fréquemment employé.

Alors le lecteur est d'un coup à l'intérieur, à la place même où l'auteur se trouve, à une profondeur où rien ne subsiste de ces points de repère commodes à l'aide desquels il construit les personnages. Il est plongé et maintenu jusqu'au bout dans une matière anonyme comme le sang, dans un magma sans nom, sans contours. S'il parvient à se diriger, c'est grâce aux jalons que l'auteur a posés pour s'y reconnaître. Nulle réminiscence de son monde familier, nul souci conventionnel de cohésion ou de vraisemblance, ne détourne son attention ni ne freine son effort. Les seules limites auxquelles, comme l'auteur, il se heurte, sont celles qui sont inhérentes à toute recherche de cet ordre ou qui sont propres à la vision de l'auteur.

Quant aux personnages secondaires, ils sont privés de toute existence autonome et ne sont que des excroissances, modalités, expériences ou rêves de ce « je », auquel l'auteur s'identifie, et qui, en même temps, n'étant pas romancier, n'a pas à se préoccuper de créer un univers où le lecteur se sente trop à l'aise, ni de donner aux personnages ces proportions et dimensions obligatoires qui leur confèrent leur si dangereuse « ressemblance ». Son œil d'obsédé, de maniaque ou de visionnaire s'en empare à son gré ou les abandonne, les étire dans une seule direction, les comprime, les grossit, les aplatit ou les pulvérise pour les forcer à lui livrer la réalité nouvelle qu'il s'efforce de découvrir.

De même le peintre moderne — et l'on pourrait dire que tous les tableaux, depuis l'impressionnisme, sont peints à la première personne — arrache l'objet à l'univers du spectateur et le déforme pour en dégager l'élément pictural.

Ainsi, par un mouvement analogue à celui de la peinture, le roman que seul l'attachement obstiné à des techniques périmées fait passer pour un art mineur, poursuit avec des moyens qui ne sont qu'à lui une voie qui ne peut être que la sienne; il laisse à d'autres arts — et notamment au

cinéma — ce qui ne lui appartient pas en propre. Comme la photographie occupe et fait fructifier les terres qu'a délaissées la peinture, le cinéma recueille et perfectionne ce que lui abandonne le roman.
Le lecteur, au lieu de demander au roman ce que tout bon roman lui a le plus souvent refusé, d'être un délassement facile, peut satisfaire au cinéma, sans effort et sans perte de temps inutile, son goût des personnages « vivants » et des histoires.
Cependant, il semble que le cinéma est menacé à son tour. Le « soupçon » dont souffre le roman, le gagne. Sinon, comment expliquer cette inquiétude qu'à la suite des romanciers certains metteurs en scène éprouvent, et qui les pousse à faire des films à la première personne en y introduisant l'œil d'un témoin ou la voix d'un narrateur ?
Quant au roman, avant même d'avoir épuisé tous les avantages que lui offre le récit à la première personne et d'être parvenu au fond de l'impasse où aboutit nécessairement toute technique, il s'impatiente et cherche déjà, pour échapper à ses difficultés actuelles, d'autres issues.
Le soupçon, qui est en train de détruire le personnage et tout l'appareil désuet qui assurait sa puissance, est une de ces réactions morbides par lesquelles un organisme se défend et trouve un nouvel équilibre. Il force le romancier à s'acquitter de ce qui est, dit M. Toynbee, rappelant l'enseignement de Flaubert, « son obligation la plus profonde : découvrir de la nouveauté », et l'empêche de commettre « son crime le plus grave : répéter les découvertes de ses prédécesseurs ».

2. F. MAURIAC ET SON CADRE GÉOGRAPHIQUE.

2.1. F. Mauriac et la forêt landaise.

« Une extrémité de la terre... » (*Th. Desqueyroux,* III ; © Grasset).

Argelouse est réellement une extrémité de la terre ; un de ces lieux au-delà desquels il est impossible d'avancer, ce qu'on appelle ici un quartier : quelques métairies sans église, ni mairie, ni cimetière, disséminées autour d'un champ de seigle, à dix kilomètres du bourg de Saint-Clair, auquel les relie une seule route défoncée. Ce chemin plein d'ornières et de trous se mue, au-delà d'Argelouse, en sentiers sablonneux ; et jusqu'à l'Océan il n'y a plus rien que quatre-vingts kilomètres de marécages, de lagunes, de pins grêles, de landes où à la fin de l'hiver les brebis ont la couleur de la cendre.

Les meilleures familles de Saint-Clair sont issues de ce quartier perdu. Vers le milieu du dernier siècle, alors que la résine et le bois commencèrent d'ajouter aux maigres ressources qu'ils tiraient de leurs troupeaux, les grands-pères de ceux qui vivent aujourd'hui s'établirent à Saint-Clair, et leurs logis d'Argelouse devinrent des métairies. Les poutres sculptées de l'auvent, parfois une cheminée en marbre témoignent de leur ancienne dignité. Elles se tassent un peu plus chaque année et la grande aile fatiguée d'un de leurs toits touche presque la terre.

Du fond d'un compartiment obscur, Thérèse regarde ces jours purs de sa vie — purs mais éclairés d'un frêle bonheur imprécis; et cette trouble lueur de joie, elle ne savait pas alors que ce devait être son unique part en ce monde. Rien ne l'avertissait que tout son lot tenait dans un salon ténébreux, au centre de l'été implacable, — sur ce canapé de reps rouge, auprès d'Anne dont les genoux rapprochés soutenaient un album de photographies. D'où lui venait ce bonheur? Anne avait-elle un seul des goûts de Thérèse? Elle haïssait la lecture, n'aimait que coudre, jacasser et rire. Aucune idée sur rien, tandis que Thérèse dévorait du même appétit les romans de Paul de Kock, les *Causeries du Lundi,* l'*Histoire du Consulat,* tout ce qui traîne dans les placards d'une maison de campagne. Aucun goût commun, hors celui d'être ensemble durant cet après-midi où le feu du ciel assiège les hommes barricadés dans une demi-ténèbre. Et Anne parfois se levait pour voir si la chaleur était tombée. Mais, les volets à peine entrouverts, la lumière pareille à une gorgée de métal en fusion, soudain jaillie, semblait brûler la natte, et il fallait, de nouveau, tout clore et se tapir. Même au crépuscule, et lorsque déjà le soleil ne rougissait plus que le bas des pins et que s'acharnait, tout près du sol, une dernière cigale, la chaleur demeurait stagnante sous les chênes. Comme elles se fussent assises au bord d'un lac, les amies s'étendaient à l'orée du champ. Des nuées orageuses leur proposaient de glissantes images; mais avant que Thérèse ait eu le temps de distinguer la femme ailée qu'Anne voyait dans le ciel, ce n'était déjà plus, disait la jeune fille, qu'une étrange bête étendue.

En septembre, elles pouvaient sortir après la collation et pénétrer dans le pays de la soif : pas le moindre filet d'eau à Argelouse; il faut marcher longtemps dans le sable avant d'atteindre les sources du ruisseau appelé la Hure. Elles crèvent, nombreuses, un bas-fond d'étroites prairies entre les racines des aulnes. Les pieds nus des jeunes filles devenaient insensibles dans l'eau glaciale, puis, à peine secs, étaient de nouveau brûlants. Une de ces cabanes, qui servent en octobre aux chasseurs de palombes, les accueillait comme naguère le salon obscur. Rien à dire; aucune parole : les minutes fuyaient de ces longues haltes innocentes sans que les jeunes filles songeassent plus à bouger que ne bouge le chasseur lorsqu'à l'approche d'un vol, il fait le signe du silence. Ainsi leur semblait-il qu'un seul geste aurait fait fuir leur informe et chaste bonheur. Anne, la première, s'étirait — impatiente de tuer des alouettes au crépuscule; Thérèse, qui haïssait ce jeu, la suivait pourtant, insatiable de sa présence. Anne décrochait dans le vestibule le calibre 24 qui ne repousse pas. Son amie, demeurée sur le talus, la voyait au milieu du seigle viser le soleil comme pour l'éteindre. Thérèse se bouchait les oreilles; un cri ivre s'interrompait dans le bleu, et la chasseresse ramassait l'oiseau blessé, le serrait d'une main précautionneuse et, tout en caressant de ses lèvres les plumes chaudes, l'étouffait.

« Tu viendras demain?

— Oh! non; pas tous les jours. »

Elle ne souhaitait pas de la voir tous les jours; parole raisonnable à laquelle il ne fallait rien opposer; toute protestation eût paru, à Thérèse même, incompréhensible. Anne préférait ne pas revenir; rien ne l'en eût empêchée sans doute; mais pourquoi se voir tous les jours? « Elles finiraient, disait-elle, par se prendre en grippe. » Thérèse répondait : « Oui... oui... surtout ne t'en fais pas une obligation : reviens quand le cœur t'en dira... quand tu n'auras rien de mieux. » L'adolescente à bicyclette disparaissait sur la route déjà sombre en faisant sonner son grelot.

Thérèse revenait vers la maison; les métayers la saluaient de loin; les enfants ne l'approchaient pas. C'était l'heure où les brebis s'épandaient sous les chênes et soudain elles couraient toutes ensemble, et le berger criait. Sa tante la guettait sur le seuil et, comme font les sourdes, parlait sans arrêt pour que Thérèse ne lui parlât pas. Qu'était-ce donc que cette angoisse? Elle n'avait pas envie de lire; elle n'avait envie de rien; elle errait de nouveau : « Ne t'éloigne pas : on va servir. » Elle revenait au bord de la route — vide aussi loin que pouvait aller son regard. La cloche tintait au seuil de la cuisine. Peut-être faudrait-il, ce soir, allumer la lampe. Le silence n'était pas plus profond pour la sourde immobile et les mains croisées sur la nappe, que pour cette jeune fille un peu hagarde.

2.2. « La poésie et la grâce. » (*Nouveaux Mémoires intérieurs*, © Flammarion).

Je suis sans illusions, mais sans regrets, — hors celui de ne pas laisser après moi le monument indiscutable. Ce qui me frapperait plutôt quand je considère ma vie, c'est la disproportion entre les moyens dont je disposais au départ et ce que j'ai obtenu. Le gain me paraît énorme si je considère la mise. Ce petit provincial d'un milieu bourgeois, étranger à la vraie culture, élevé dans un collège dont le niveau n'était guère fait pour éveiller un esprit, cet étudiant fermé aux mathématiques, peu doué pour la philosophie, ignorant les langues étrangères et donc tributaire des traductions, aura tout de même appartenu très tôt à l'Académie. Docteur honoris causa à Oxford, il aura obtenu le Prix de Littérature. Ce sédentaire qui redoute l'avion, qui hait tout déplacement autre que celui qu'il accomplit en auto, deux fois par an, de l'avenue Théophile-Gautier à Malagar, qui sans doute mourra sans avoir vu New York, et en somme sans avoir presque rien vu du monde (et ce qu'il en a vu, il en a peu retenu), ce « pantouflard » aura été un journaliste notoire, admiré de ses adversaires, — notoire au point de rendre jaloux le romancier qu'il se flattait d'être. Ce bourgeois qui d'instinct déteste le risque, en aura pourtant couru beaucoup, et de très grands, et montré la plume à la main une audace dont très peu ont été capables parmi ses pairs.

C'est donc qu'il y avait en moi, au secret de cette faiblesse et née d'elle, peut-être, une force cachée et qui aura agi jusqu'à mon dernier jour. Un mot l'exprime, c'est : poésie. Le nom de poète, je me moque bien qu'on me l'ait dénié ! J'en suis un et je n'aurai même été que cela ; et dans la mesure où je n'ai pu m'imposer comme poète, j'ai manqué ma vie, — ou plutôt je l'aurais manquée, si la nappe secrète n'avait alimenté tout ce que j'ai écrit : romans, essais, mais même le moindre article de journal.

Ce que je ne saurais développer ici, car le sujet déborderait ces mémoires, c'est que cette nappe secrète, un courant plus secret encore l'alimentait : la grâce. Les deux sources de l'inspiration, celle de la terre et celle de Dieu, auront donné ce fleuve trouble.

JUGEMENTS SUR FRANÇOIS MAURIAC

● Un portrait.

Qui est-il ? Un grand bourgeois, long, maigre, chauve, la silhouette vive et jeune à soixante-cinq ans, la voix basse, brisée (il a subi une opération des cordes vocales il y a une vingtaine d'années); dans le visage, deux yeux toujours vivants, qui cherchent et s'inquiètent comme des yeux d'oiseau incertain, et qui parfois s'animent, s'illuminent de malice et rient les premiers. Faut-il dire qu'il est né à Bordeaux ? C'est inutile parce que tout le monde le sait, insuffisant surtout parce qu'il doit à Bordeaux bien plus que le jour, il lui doit sa chair, son sang et son souffle. Personne n'est plus fortement, plus profondément enraciné que lui : je ne sais s'il le doit à ce Barrès qu'il a beaucoup aimé, ou s'il s'est enraciné d'instinct parce que sa personnalité souple, inquiète, sensible à l'extrême avait besoin de ce contrepoids, de cette manière d'avoir les pieds par terre tandis que la tête roule dans les orages de la passion ou se tourne vers les cieux.

Robert Kanters,
Des écrivains et des hommes (1952).

● Un romancier d'âmes.

Il semble que le vrai roman catholique, ce doive être le roman des âmes, plutôt que le roman du personnel catholique (Stendhal, Balzac) et que les romans de l'utilisation catholique (Bourget). [...] Le moderne et l'actuel, c'est le roman du péché et du salut, tel que l'écrit M. Mauriac. Or, dans le roman du péché, l'Église subodore avec raison le péché du roman, je veux dire le péché originel du roman, la complaisance avec laquelle, malgré les intentions les plus pures (un pavage de choix pour la maison du diable), l'auteur s'attarde *(delectatio morosa)* sur la présence et la peinture du péché. Des trois formes du roman catholique, la troisième est aussi la plus habitée du démon.

Albert Thibaudet,
Réflexions sur le roman (1938).

● Les bons sentiments...

Beaucoup s'étonneront que j'aie pu imaginer une créature plus odieuse encore que tous mes autres héros. Saurai-je jamais rien dire des êtres ruisselants de vertu et qui ont le cœur sur la main ? Les « cœurs sur la main » n'ont pas d'histoire; mais je connais celle des cœurs enfouis et tout mêlés à un corps de boue.

François Mauriac,
Préface à *Thérèse Desqueyroux* (1927).

Ce que vous cherchez, c'est... la permission d'être chrétien sans avoir à brûler vos livres; et c'est ce qui vous les fait écrire de telle sorte que, bien que chrétien, vous n'ayez pas à les désavouer. Tout cela (ce compromis rassurant qui permette d'aimer Dieu sans perdre de vue Mammon), tout cela nous vaut cette conscience angoissée qui donne tant d'attrait à votre visage, tant de saveur à vos écrits, et doit tant plaire à ceux qui, tout en abhorrant le péché, seraient bien désolés de n'avoir plus à s'occuper du péché. Vous savez du reste que c'en serait fait de la littérature, de la vôtre en particulier; et vous n'êtes pas assez chrétien pour n'être plus littérateur. Votre grand art est de faire de vos lecteurs des complices. Vos romans sont moins propres à ramener au christianisme des pécheurs, qu'à rappeler aux chrétiens qu'il y a sur la terre autre chose que le ciel.

J'écrivis un jour, à la grande indignation de certains : « C'est avec les beaux sentiments qu'on fait de la mauvaise littérature. » La vôtre est excellente, cher Mauriac. Si j'étais plus chrétien, sans doute pourrais-je moins vous y suivre.

Extrait d'une lettre écrite par André Gide à
François Mauriac, le 7 mai 1928.

On me disait : « Peignez des personnages vertueux! » Mais je rate presque toujours mes personnages vertueux.

On me disait : « Tâchez d'élever un peu leur niveau moral. » Mais plus je m'y efforçais, et plus mes personnages se refusaient obstinément à toute espèce de grandeur.

Mais, étudiant des êtres, lorsqu'ils sont au plus bas et dans la plus grande misère, il peut être beau de les obliger à lever un peu la tête. Il peut être beau de prendre leurs mains tâtonnantes, de les attirer, de les obliger à pousser ce gémissement que Pascal voulait arracher à l'homme misérable et sans Dieu, et cela non pas artificiellement, ni dans un but d'édification, mais parce que, le pire d'une créature étant donné, il reste de retrouver la flamme primitive qui ne peut pas ne pas exister en elle.

François Mauriac,
le Romancier et ses personnages (1933).

Gidien, proustien, freudien, ce romancier de vision chrétienne sait rendre présentes des âmes malheureuses, altérées, possédées. Il est le maître peintre des pressentiments secrets, des fonds mystérieux. Il ne perd rien des complexes obscurs de la passion : ces préparations comparables à celles de l'orage, ces approches nouées et dénouées, cette peur et cette attente, ces connivences, ce louche espoir.

Henri Clouard,
Histoire de la littérature française du symbolisme à nos jours
(t. II) [1949].

● UN CATHOLIQUE QUI FAIT DES ROMANS..

La question essentielle n'est pas de savoir si un romancier peut ou non peindre tel ou tel aspect du mal. La question essentielle est de savoir à *quelle hauteur* il se tient pour faire cette peinture, et si son art et son cœur sont assez purs, et assez forts, pour le faire sans connivence.

Jacques Maritain,
Art et scolastique (1935).

Rien ne pourra faire que le péché ne soit l'élément de l'homme de lettres et les passions du cœur le pain et le vin dont chaque jour il se délecte. Les décrire sans connivence, comme nous y invitait Maritain, est sans doute à la portée du philosophe et du moraliste, non de l'écrivain d'imagination dont tout l'art consiste à rendre visible, tangible, odorant, un monde plein de délices criminelles, de sainteté aussi. Nous ne l'ignorons pas. C'est le roc où nous nous accrochons, que nous embrasserons jusqu'à notre dernier souffle : puisse au moins la Grâce demeurer présente dans notre œuvre; même méprisée et en apparence refoulée, que le lecteur sente partout cette nappe immense, cette circulation souterraine de l'amour.

François Mauriac,
« la Littérature et le péché », *le Figaro littéraire*
(12 mars 1938).

La vision est bien double. Chez lui l'œil catholique et l'œil humain, s'ils peuvent se corriger, se compléter pour dessiner le tableau du monde, ne confondent jamais leurs impressions respectives.

Ramon Fernandez,
préface de *Dieu et Mammon* (1933).

● DIEU EST-IL ROMANCIER ?

M. Mauriac a écrit un jour que le romancier était pour ses créatures comme Dieu pour les siennes, et toutes les bizarreries de sa technique s'expliquent parce qu'il prend le point de vue de Dieu sur ses personnages. Dieu voit le dedans et le dehors, le fond des âmes et des corps, tout l'univers à la fois. De la même façon, M. Mauriac a l'omniscience pour tout ce qui touche à son petit monde; ce qu'il dit sur ses personnages est parole d'Évangile, il les explique, les classe, les condamne sans appel. [...] Eh bien non! Il est temps de le dire : le romancier n'est point Dieu. [...] Un roman est une action racontée de différents points de vue. [...] L'introduction de la vérité absolue, du point de vue de Dieu, dans un roman est une double erreur technique. Tout d'abord elle suppose un récitant soustrait à l'action et purement contemplatif, ce qui ne saurait convenir avec cette loi esthétique formulée par Valéry, selon laquelle un élément quelconque d'une œuvre d'art doit toujours entretenir une pluralité de rapports avec les autres éléments. En second lieu, l'absolu est intemporel. Si vous portez le récit à l'absolu, le ruban de la durée se casse net; le roman s'évanouit sous vos yeux : il ne demeure qu'une languissante vérité *sub specie aeternitatis*. [...]

S'il est vrai qu'on fait un roman avec des consciences libres et de la durée, comme on peint un tableau avec des couleurs et de l'huile, *la Fin de la nuit* n'est pas un roman. Tout au plus une somme de signes et d'intentions. M. Mauriac n'est pas un romancier.

Jean-Paul Sartre,
Situations I (1947).

Faites dérouler un film à une vitesse très inférieure à la vitesse normale requise pour la projection; vous verrez sur l'écran des pantins désarticulés, un ballet de marionnettes invraisemblables. Rétablissez la vitesse normale et l'écran reprend vie. C'est un peu un traitement de ce genre que Sartre fait subir au livre de M. Mauriac. Mais j'affirme qu'on pourrait faire subir un traitement analogue à n'importe quel roman français, y compris ceux de Sartre. L'analyse de Sartre met en cause, beaucoup plus que la qualité de *la Fin de la nuit*, la validité même du genre romanesque.

Jean-Louis Curtis,
Haute École (1950).

Que je sache ce qui se passe en Thérèse et qu'elle-même ne sait pas, aucun romancier n'échappe à cette convention, même parmi ceux qui la condamnent et qui se persuadent que les personnages doivent être seulement connus par des paroles et par des gestes que l'auteur ne commente jamais. On m'a reproché de juger mes héros et de jouer au Dieu avec eux. Thérèse Desqueyroux au contraire est l'être qui échappe à tout jugement, et d'abord au sien propre, terriblement libre à chaque instant, et regardant sa figure éternelle se dessiner au moindre geste qu'elle hasarde. Mais il est vrai que par le seul titre d'un autre livre, *la Pharisienne*, j'en juge et condamne l'héroïne : ce qui est un crime selon la technique préconisée aujourd'hui. Mais quoi! Molière condamne l'avare, Racine juge Narcisse, comme Shakespeare Iago et Balzac la cousine Bette. Nous sommes libres de juger ou de ne pas juger nos créatures selon qu'elles appellent le jugement ou qu'elles y échappent, selon que nous avons résolu de dessiner un caractère ou d'exprimer une destinée.

François Mauriac,
« Vue sur mes romans », *le Figaro littéraire*
(15 novembre 1952).

● « Non, ce n'est pas une société... »

Le terrain social de Mauriac reste très étroit et son étroitesse empêche évidemment d'appeler romancier social un homme qui n'a nullement montré la curiosité inépuisable d'un Balzac pour l'homme dans tous ses aspects immédiats et particuliers (il n'y a guère que les ouvriers dont Balzac ait à peine parlé) ou la volonté d'enquête large de Zola ou qui n'a point bénéficié d'une destinée mobile comme celle de Stendhal.

Mais il est difficile à un écrivain de valeur, qui entre fortement dans l'humain, de ne pas nous ouvrir des vues au-delà de ce qu'il nous montre et, du reste, il y a bien des méthodes pour atteindre à la réalité sociale. [...]

La psychologie toute nue, et mieux encore, le jaillissement lyrique et non commenté des âmes, en dit donc souvent plus à un lecteur soucieux d'observation sociale que tout ce que le romancier peut avoir voulu préparer et élaborer pour la satisfaction de ce lecteur. Racine est un témoin de la cour tout comme Saint-Simon.

C'est ainsi que Mauriac, avec sa curiosité apparemment peu étendue, la discrétion de son commentaire, apporte pourtant, par la spontanéité de ses dons romanesques, un très important tribut à la connaissance de la société française de notre temps. Il ne fait que suggérer, mais la source d'où nous viennent ces suggestions est tellement profonde!

Drieu La Rochelle,
la Revue du siècle, « Hommage à François Mauriac »
(juillet-août 1933).

Par leur peinture d'un certain milieu social, [les romans de Mauriac] peuvent apparaître comme une critique des valeurs bourgeoises, ou tout au moins une prise de conscience et une remise en question de ces valeurs — critique plus qu'anodine d'ailleurs, qui se limite à les présenter de manière aigrelette et en réalité ne remet rien du tout en question. Non seulement Mauriac laisse intact le monde de l'argent (malgré ses portraits d'êtres avares ou cupides), et cette réalité qu'est la Famille solidement appuyée sur l'Héritage — mais, après avoir paru un instant les ébranler, il les redore d'une sorte de poésie mythique, empruntée à la magie enfantine, comme dans *le Mystère Frontenac*. Si bien que son œuvre finit par rassurer, plus que toute autre, par un retour aux valeurs du passé, individuel ou collectif : la bourgeoisie se trouve justifiée sentimentalement par le souvenir de promenades adolescentes dans les forêts landaises ou l'évocation des jours heureux coulés chez les bons pères.

Claude-Edmonde Magny,
Histoire du roman français depuis 1918 (1950).

Non, ce n'est pas une société que je peins. Si une classe sociale est dans mon œuvre dénoncée, il n'y faut voir aucune intention délibérée. Ce qui déborde mon destin particulier et donne à mes livres une portée plus générale est une chance dont je bénéficie, non le résultat d'un effort ou d'une recherche. Chacun de mes romans est une énigme dont le mot est moi-même, l'être que je suis, indéchiffrable et pourtant facile à connaître.

François Mauriac,
« Vue sur mes romans », *le Figaro littéraire*
(15 novembre 1952).

● LE ROMAN-POÈME.

Ce qui nous attire, chaque fois que nous ouvrons un nouveau roman de Mauriac, ce qui nous reste dans l'esprit quand nous l'avons lu, ce n'est pas une intrigue ni une galerie de portraits, ce n'est même pas toujours un caractère, c'est une nuance d'atmosphère morale intimement fondue à une nuance d'atmosphère physique, c'est un climat rendu par un style — une réalité spirituelle exprimée par des voix poétiques.

Pierre-Henri Simon,
Mauriac par lui-même (1953).

Un roman de Mauriac se lit comme un poème, mais en même temps il se lit comme une tragédie dont on n'est pas très sûr, tant elle est comme elle doit être, non comme l'auteur eût souhaité qu'elle fût, que l'auteur ait pris grand plaisir à l'achever.

Ramon Fernandez,
préface de *Dieu et Mammon* (1933).

M. François Mauriac, romancier, est peut-être le dernier des poètes de la lignée symboliste. Tous les thèmes, tous les procédés du symbolisme se retrouvent en filigrane de ses romans et c'est sans doute grâce à cette ascèse du symbole qu'un ordre rigoureux et clair s'impose à une réalité dont le romancier respecte pourtant les contradictions et le tumulte. L'art de Mauriac stylise; c'est-à-dire qu'il évoque avec rigueur, presque avec sécheresse, une vie dont l'agitation défie toute reproduction réaliste. Par l'évocation du souvenir, par le mélange constant du passé et du présent, par ce lien renoué entre la vie actuelle et ce qui est révolu dans le temps et qui cependant se prolonge dans l'actualité de la mémoire, il parvient à recréer, sans jamais heurter l'écueil de la description oiseuse, cette sensation de la durée, dont l'évocation est sans doute le plus grand obstacle qu'ait à surmonter le roman.

Alain Palante,
Mauriac, le roman et la vie (1946).

Le roman conçu par Mauriac avait besoin d'une ambiance ménagée par le style. Il l'a eue. Au point que le concert des mots, cette musique chargée d'ardeur, assure en partie l'évocation des existences. Ce style est sensualité et noblesse, frémissement des corps traduit à travers les âmes. Certains vers de Baudelaire annonçaient peut-être par leur densité fondante une telle prose à la fois voluptueuse et monacale.

Henri Clouard,
Histoire de la littérature française du symbolisme à nos jours (tome II) [1949].

François Mauriac va d'instinct à la forme concise. Cet être en qui déferle une passion forcenée jugule, domine celle-ci ; il la comprime en quelque manière, il la verse dans un moule solide et strictement mesuré qui en contient les débordements. De là, la plénitude parfaite, la condensation portée au maximum de cette expression qui s'empare de nous comme par un coup de force, qui nous tient constamment en haleine et ne nous laisse jamais de répit. Compensation classique apportée par la forme au romantisme de la matière et qui donne à cette œuvre son allure assurée, eurythmique, harmonieuse, gonflée de sève cependant et frémissante d'émoi.

Nelly Cormeau,
l'Art de François Mauriac (1951).

Mauriac peut-il être un classique ? C'est la seule question vraiment intéressante qui se pose désormais. Mauriac, héritier d'une culture, fruit tardif de l'arbre romantique et de la tragédie racinienne, dispose des *moyens* pour être ce classique ; et sa ressource principale, pour un tel genre de transit, c'est certainement d'être l'un des premiers *écrivains* français de son temps.

Jacques Robichon,
François Mauriac (1953).

JUGEMENTS SUR « LE MYSTÈRE FRONTENAC »

C'est peut-être par ce roman qu'il faudrait commencer la lecture de Mauriac ; on pourra, en tout cas, s'y reposer de tant d'œuvres sombres.

Émile Rideau,
Comment lire François Mauriac (1945).

Le Mystère Frontenac, c'est, dans l'œuvre de M. François Mauriac, un repos, une oasis; il a voulu se délasser des grands drames de famille qu'il nous a le plus souvent montrés, des conflits qui dressaient, en face les uns des autres, des êtres déchirés par la passion, la jalousie, l'avarice, les haines tenaces, les rancunes impitoyables. Mais, en même temps qu'un roman sur la profondeur de l'union familiale, c'est un livre sur l'éveil poétique de l'adolescence, sur les premières douleurs de l'homme, et je ne sais pas si cette partie-là du *Mystère Frontenac* n'est point, en réalité, plus émouvante que l'autre et plus réussie.

Edmond Jaloux,
Introduction à l'ouvrage de François Mauriac,
le Romancier et ses personnages (1933).

Le Mystère Frontenac, c'est la présence d'une certaine famille à elle-même, en tant qu'elle s'éprouve intérieurement comme unité, comme expression d'un acte unique du vouloir divin, réfracté dans le temps à travers la pluralité des individus.

Gabriel Marcel,
l'Europe nouvelle (4 mars 1933).

C'est un roman d'atmosphère beaucoup plus qu'un roman d'événements. Il s'y passe peu de choses, et la trame en est celle-ci : le « mystère » Frontenac, c'est la force morale invisible qui fait la réalité d'une famille, en dépit de tous les faits qui devraient contribuer à la dissociation de cette famille. [...] En fait, il n'y a pas de mystère Frontenac. Une famille ne possède pas en soi une puissance mystique qui lui permette de se mesurer avec l'immortalité. Il est normal que des frères et des sœurs se séparent, et que chacun d'eux fonde un nouveau foyer, à moins que l'art politique n'ait réglé la vie familiale de façon à lui assurer une plus longue durée. Alors intervient le droit d'aînesse, droit que l'art politique établit, d'ailleurs, en suivant la pente de la vie naturelle. A quel point cette pente est impérieuse, on le voit par le livre de M. Mauriac, où le culte du « mystère » Frontenac tend surtout à une reconnaissance officieuse des droits et des devoirs de l'aîné. Toutes les pages où se développe l'affection protectrice de l'aîné pour le cadet sont parmi les mieux venues du roman.

André Rousseaux,
la Revue universelle (15 mars 1933).

On imagine mal que M. Mauriac se dépouille tout à fait de cette délectation dans le mal, qui donne à ses livres tant de saveur. Mais il semble que sa foi lui ait apporté quelque apaisement, en même temps qu'une vue plus indulgente du monde; que, s'écartant de plus en plus d'une attitude de janséniste, il tende à chercher, à montrer sur la terre certaines traces d'un ciel qui l'a toujours hanté. C'est du moins ce qui me frappe dans son nouveau livre, plutôt qu'une simple apologie de la famille.

Marcel Arland,
Nouvelle Revue française (mars 1933).

De ce Moloch familial qui dévore les âmes et les destins, M. Mauriac a voulu faire un hymne. « Famille, je t'aime! » s'écrie-t-il dans la prière d'insérer... Il a, avec un frémissement profond, montré ces êtres d'un même sang reliés par des attaches invisibles et vivantes, comme s'ils étaient les membres d'un même corps. Tout ce qu'il dit de ces affections inexprimables est à la fois émouvant et exquis. Que croire cependant? Il y a dans son livre des sacrifices affreux au dieu du clan, et ce clan est pourtant rompu, comme c'est d'ailleurs sa juste destinée. [...] Comment se reconnaître dans ces contradictions que M. Mauriac sent parfaitement? Il nous le dit à la fin. La famille idéale n'est pas de la terre. Elle sera reconstituée au Paradis par l'union éternelle de ceux qui se sont aimés. Ainsi soit-il!

Henry Bidou,
Journal des débats (24 février 1933).

Le Mystère Frontenac nous renseigne sur le mystère Mauriac. Certes, le débat religieux reste au centre de l'œuvre de M. Mauriac. Mais ce conflit entre une religion à laquelle il croit et la difficulté de la pratiquer a pris naissance dans sa famille. C'est là surtout qu'il a trouvé et qu'il trouve chaque jour la force de le surmonter. Ses souvenirs d'enfance, la pensée toujours présente d'une mère pieuse lui font une âme naturellement chrétienne. Malgré les salissures, les luttes et les tentations de la vie, l'enfant qu'il a été demeure vivant chez lui comme beaucoup de ceux qui ont reçu en partage le don de poésie. Il existe, chez M. Mauriac, un chant qui prend sa source dans son enfance bourgeoise, bordelaise et religieuse. Le catholicisme le plus simple fait partie, comme le péché, davantage que le péché, du mystère Mauriac. Il a suffi à celui-ci de se souvenir, pour écrire cette fresque vraie et pure, qu'est *le Mystère Frontenac.*

Georges Hourdin,
Mauriac, romancier chrétien (1945).

Ce n'est pas assez dire que Mauriac s'est mis ici lui-même en scène, Yves Frontenac livre la clé du personnage mauriacien : il en est le premier stade, la préfiguration. [...] « Tout être humain, sous la plume de Mauriac, a dit André Maurois, devient un personnage de Mauriac. » Dans *le Mystère Frontenac*, ce personnage apparaît à l'état brut, sans retouche et pris à sa source.

Jacques Robichon,
François Mauriac (1953).

QUESTIONS SUR « LE MYSTÈRE FRONTENAC »

1. Quels sont les deux personnages — l'un vivant, l'autre mort — dont la présence s'impose au lecteur dès les premières lignes du roman ? Appréciez l'art du romancier dans ces quelques lignes.

2. A rapprocher de *Commencements d'une vie* (1932). « Nous n'habitions plus la maison de la rue du Pas-Saint-Georges où j'étais né et où il (mon père) était mort : la jeune veuve avec ses cinq enfants avait cherché un refuge chez sa mère, rue Duffour-Dubergier. Nous y occupions le troisième étage. La vie se concentrait dans la chambre maternelle tendue de gris, autour d'une lampe chinoise coiffée d'un abat-jour rose cannelé. Sur la cheminée, la *Jeanne d'Arc* de Chapu écoutait ses voix. » Comment le romancier a-t-il, tout en modifiant les détails, conservé l'essentiel du décor de son enfance ?

3. En quoi ce mot peut-il définir la nature du lien familial ?

4. Comment se présentent à vous les sept personnages qui participent à cette scène ? Y a-t-il déjà des traits précis qui permettent de deviner combien, dans cette famille si unie, les caractères individuels sont différents ?

5. En quoi y a-t-il un malentendu tragique dans la façon dont Xavier, malgré ses excellentes intentions, juge sa belle-sœur ?

6. Montrez comment, en soulignant les servitudes quasi animales de la maternité, l'auteur fait ressortir ici l'aspect biologique du mystère familial.

7. Par quel effet de contraste le romancier oriente-t-il la sympathie du lecteur vers Yves ?

8. Comparez Blanche Frontenac à Mme de Barthas, d'*Asmodée*, et à Mme Dézaymeries, de *Fabien*.

9. Recherchez dans la suite du récit d'autres notations olfactives.

10. Dans *la Province* (1926), F. Mauriac écrit : « Ce qu'il y a d'admirable dans une famille provinciale, c'est qu'elle ne renie jamais ses membres, qu'elle ne rejette pas ses déchets ; les plus ennuyeux, les plus bêtes, les malpropres, les idiots ont droit aux fêtes, aux solennités gastronomiques : « Ils sont de la famille. » Tante Félicia n'est-elle pas l'illustration de cette vérité ? Pourquoi le romancier a-t-il insisté sur la déchéance physique de la vieille femme ? Au moyen de quels détails ? Quel aspect du « mystère » familial est ici mis en lumière ?

11. Comment le romancier intervient-il ici pour commenter et interpréter le geste sans signification de son personnage ? Peut-on en déduire quelle est la pensée de Mauriac sur le culte des morts ? Peut-on la comparer aux idées de Barrès sur le culte des morts ?

12. Appréciez le procédé de composition qui consiste à reprendre la conversation entre Xavier et Blanche, après l'avoir interrompue par une longue digression sur les occupations et le caractère de Xavier. Pourquoi l'entretien des deux personnages en prend-il plus d'intérêt ?

13. Analysez la progression de cette querelle entre Blanche et son beau-frère. Quel est le motif profond de leur dispute ?

14. Analysez cette méditation, cet examen de conscience, dont le recueillement est sans cesse troublé par l'émergence des soucis matériels.

15. Montrez que le « mystère » Frontenac apparaît ici sous un aspect nouveau, l'aspect social. Quel en est l'élément essentiel ?

16. Étudiez le sentiment de la nature chez le romancier d'après cette description du printemps. Comment les images de la nature sont-elles liées aux états d'âme de chacun des trois jeunes garçons ?

17. Quels sont, dans cette page, les deux moments où le romancier fait place au moraliste ? Appréciez les constatations morales qui sont faites ici.

18. Analysez l'état d'âme d'Yves au cours de cette fuite dans la campagne.

19. Quelle est la valeur de cette courte réflexion ? Quel problème moral l'écrivain pose-t-il ici à propos des tentations qui menacent le poète, dès le premier jour où il crée son œuvre ?

20. Quelle différence de caractère se révèle ici entre les deux frères ?

21. Quelles sont les diverses circonstances qui poussent Yves à jouer ainsi au poète « maudit » ?

22. Quels effets le romancier tire-t-il de la coïncidence d'une mauvaise nouvelle (la maladie de Mme Arnaud-Miqueu) et d'une bonne nouvelle (la réponse du *Mercure de France*) ?

23. Comment se révèle, dans ces circonstances, le caractère de chacun des enfants Frontenac ?

24. Est-ce seulement ce besoin de « tremper encore en pleine enfance » qui explique tous ces rites traditionnels dont s'accompagne l'arrivée d'oncle Xavier ?

25. En quoi cette navigation des bateaux-phares, qu'on imagine voguant jusqu'à l'océan, prend-elle la valeur d'un symbole ?

26. Quelles sont les causes profondes de ces sentiments de Blanche Frontenac ?

27. Comment se présente ici le conflit des générations ? Pourquoi Blanche et Xavier se trouvent-ils maintenant solidaires contre Jean-Louis et Yves ? Est-ce un véritable sentiment de haine qui pousse Yves à sa violente diatribe ? Comment peut s'expliquer son attitude ?

28. Qu'y a-t-il de tragique dans la situation de Jean-Louis à ce moment ?

29. Dans quelle mesure Jean-Louis est-il ici le porte-parole du romancier ?

30. Peut-t-on déjà deviner la décision que va prendre Jean-Louis ? La brusque apparition de José peut-elle avoir une influence sur les préoccupations de Jean-Louis ?

31. Analysez les différents moments de cette crise d'adolescence, de ce délire lucide, où sont exprimés les grands thèmes de l'œuvre de Mauriac : le conflit de la grâce et de la liberté, de la vocation et du bonheur, de l'amour et de la mort. Comparez ces pages à celles dans lesquelles Romain Rolland raconte la crise de conscience de Jean-Christophe (livre III, « l'Adolescent », édition des classiques Larousse, tome Ier, pp. 46-47).

32. Qu'est-ce qui donne une certaine solennité à cette scène de tendresse, qui est aussi pour Yves un adieu à son enfance ?

33. Comment Blanche Frontenac essaie-t-elle de concilier les croyances de sa foi chrétienne avec les exigences de l'amour maternel ?

34. Rappelez quelles sont, au début du XXe siècle, les tendances du christianisme social dont s'inspire Jean-Louis (encyclique *Rerum novarum*, 1891 ; Albert de Mun, Marc Sangnier et « le Sillon »).

— D'autre part, pourquoi ce désir d'être un patron « social » est-il conforme au caractère de Jean-Louis ? N'est-ce pas pour lui un moyen de « compenser » la déception qu'il a subie en abandonnant son projet d'être agrégé de philosophie ?

— Comparez à Jean-Louis le personnage de Jérôme Servet dans *l'Enfant chargé de chaînes*.

35. Comment ces derniers paragraphes permettent-ils au romancier de conclure la première partie du roman, tout en jetant un regard sur les années qui vont s'écouler entre la première et la seconde partie ? Appréciez ce procédé de composition.

36. A travers les propos de Dussol, quelle image avons-nous des prétentions littéraires d'une certaine bourgeoisie provinciale ? Le salon des Dussol ne nous rappelle-t-il pas celui de *la Comtesse d'Escarbagnas* (Molière) ou de Mme de Bargeton, dans *les Illusions perdues* de Balzac ?

37. Quel rôle joue maintenant Jean-Louis auprès de sa mère ?

38. Comment s'explique que Jean-Louis obtienne de son frère les larmes de regret que n'a pu obtenir sa mère ? Est-ce la faute de Blanche ?

39. Quelle est la valeur de ce procédé qui ouvre brusquement une perspective sur un avenir situé au-delà de la fin du roman ?

40. Quels sont les traits de caractère que cette conversation révèle chez Madeleine Cazavieilh ? Pourquoi ne peut-elle participer au « mystère Frontenac » ?

41. N'y a-t-il pas quelque chose d'étrange dans cette application d'Yves à rendre indéchiffrable la seconde partie de sa lettre ? N'était-il pas plus simple de ne pas l'écrire ? Et pourquoi révéler à son frère son intention de lui dissimuler quelque chose ?

42. Quelle image Jean-Louis donne-t-il des salons littéraires parisiens ? Comparez aux impressions du Jean-Christophe de Romain Rolland prenant contact avec les milieux artistiques parisiens à la même époque (livre V, *la Foire sur la place*).

43. N'y a-t-il pas un pessimisme teinté de jansénisme dans les réflexions morales de Jean-Louis ? A la lumière d'autres romans de Mauriac, peut-on affirmer que ces pensées correspondent à celles du romancier lui-même ?

44. Quel est, d'après ce passage, le rôle de la foi dans la vie quotidienne du croyant ?

45. Comment le romancier évoque-t-il la mort de Blanche Frontenac sans cependant nous y faire assister ? Le récit lui-même serait-il plus dramatique ?

— Analysez et expliquez les sentiments de Jean-Louis. Quel rôle a-t-il conscience de tenir, avant même que sa mère soit ensevelie ? (V. p. 135 le jugement d'André Rousseaux.)

46. Les souvenirs et les anecdotes que racontent Dussol et Caussade ont beau être fondés sur des faits certainement exacts, pourquoi l'interprétation qu'en tirent les deux hommes sur le caractère de Blanche est-elle fausse ? Étudiez leur langage : comment la vulgarité du ton est-elle à l'image de la vulgarité de la pensée ?

47. Pourquoi les propos de Dussol ont-ils réussi à salir l'image qu'Yves gardait de sa mère ?

48. Ce récit de l'enterrement de Blanche Frontenac n'ouvre-t-il pas, par son réalisme, une perspective assez déprimante sur les laideurs de la société ?

49. Comparez la fin de ce chapitre à celle du chapitre XIII ; n'y a-t-il pas là un artifice un peu littéraire ?

50. Analysez la psychologie de l'amour chez Yves : n'y a-t-il pas quelque chose de racinien dans le besoin d'amour, auquel se mêle une défiance de l'amour ?

51. Qu'y a-t-il de caricatural dans le personnage de Joséfa ? Pourquoi le romancier a-t-il ainsi forcé les traits de ce personnage ?

52. Quel effet produit l'imprécision qui règne autour de la femme qui est aimée d'Yves et l'ignorance où reste le lecteur de son nom, de ses traits ? Ce personnage, anonyme, mystérieux, ne semble-t-il pas un démon du mal ?

53. Pourquoi les sentiments pourtant si sincères de Joséfa ne peuvent-ils émouvoir Yves ?

54. Comment est composé ce chapitre ? Quel effet le romancier tire-t-il de l'alternance de deux images féminines (Joséfa et « elle ») qui accaparent l'attention d'Yves ?

55. Comparez les dernières lignes de ce chapitre à la fin des chapitres XIII et XVI.

56. Quels sentiments expliquent l'attitude de Jean-Louis en face de Joséfa ? Et ceux des deux jeunes femmes ?

57. Peut-on lire cette scène sans penser à certains passages de

Balzac ? Quels sont les détails qui invitent à ce rapprochement ?

— Démêlez, dans les remords de l'oncle Xavier, ce qui est la part du conformisme bourgeois et ce qui tient au respect dû au caractère sacré du mystère familial.

58. Analysez l'état d'âme d'Yves à ce moment. Ce sentiment d'amour voué au néant n'est-il pas la source d'une angoisse métaphysique ?

59. Étudiez ce long monologue intérieur d'Yves. Quelle est la marche de sa pensée et vers quelle conclusion le mène-t-elle ? Comparez la fin de ce paragraphe avec cette phrase tirée du *Jeune Homme* (1926) : « Les jeunes gens, plus que les vieillards, songent au suicide ; c'est que la mort leur est un choix et qu'ils se croient libres de ne pas choisir. »

60. Comment se manifeste ici le « mystère Frontenac » ?

61. Peut-on dire qu'il y ait eu réellement tentative de suicide de la part d'Yves ? Quelles circonstances a inventées le romancier pour empêcher cet épisode de tourner au drame ?

— Quelle valeur symbolique représente la vision d'Yves, suivie immédiatement de l'arrivée de Jean-Louis ?

62. Quelle est en définitive la place concédée à Joséfa dans le groupe familial ?

63. Malgré la très grande affection qui lie les deux frères, l'âge n'a-t-il pas accentué les divergences d'ordre moral et philosophique qui les séparent ? La sagesse bourgeoise de Jean-Louis n'est-elle pas un peu teintée de pharisaïsme ?

64. Quelles sont, dans cette fin du roman, les deux grandes images qui symbolisent les deux aspects fondamentaux du « mystère » de la famille ?

SUJETS DE DEVOIRS

Narration.

— Yves assiste au mariage de son frère Jean-Louis. Il décrit la cérémonie et les fastes familiaux dans une page de son *Journal intime*. Son récit laisse percer son agacement.

Lettres.

— Jean-Louis écrit à Yves, après sa tentative de suicide, pour lui représenter les dangers qu'il court, s'il s'obstine dans la voie qu'il a choisie, et lui montrer le bénéfice que lui-même a tiré de la vie familiale.

— Réponse d'Yves Frontenac à son frère Jean-Louis.

Dissertations.

— Commentez, en vous appuyant sur des exemples, cette affirmation de Jacques Maritain : « La question essentielle n'est pas de savoir si un romancier peut ou non peindre tel aspect du mal. La question essentielle est de savoir à *quelle hauteur* il se tient pour faire cette peinture et si son art et son cœur sont assez purs, et assez forts, pour le faire sans connivence. »

— Étudiez le sentiment de la nature dans *le Mystère Frontenac.*

— Étudiez la nature et le rôle des images dans les romans de Mauriac.

— Commentez ce mot de François Mauriac : « Si un romancier est avant tout un homme qui a créé un monde d'où lui-même est absent, je ne suis pas un romancier. »

— Étudiez les mères dans l'œuvre de François Mauriac.

— Faites le portrait de l'adolescent selon Mauriac.

— Comparez Yves Frontenac et Pierre Costadot (*les Chemins de la mer*, 1939).

— Commentez ce jugement de Ramon Fernandez : « Mauriac est un enfant gâté de la sensation qui sait qu'on lui pardonnera toujours parce qu'il sait faire voir et sentir, et toucher. »

— « Certains emplois de l'imparfait sont assez particuliers à Flaubert. Il en fait une variété du discours indirect. [...] La force de ces imparfaits de discours indirect consiste à exprimer la liaison entre le dehors et le dedans. [...] Ils sont une façon [...] de donner, devant le personnage, à l'auteur et au lecteur le minimum d'existence. » (A. Thibaudet, *Gustave Flaubert*, Plon, 1922, p. 276.) Étudiez cet emploi de l' « éternel imparfait » (Proust) dans *le Mystère Frontenac.*

— Comparez l'image de la famille que propose F. Mauriac, dans *le Mystère Frontenac*, à celle que propose G. Duhamel dans *la Chronique des Pasquier*.

— Quels problèmes posent, à l'intérieur d'une famille, les différences de caractère et d'idéal qui séparent la génération des parents et celle des enfants ? Comparez la réponse que François Mauriac donne à cette question avec celle que donne R. Martin du Gard dans *les Thibault*.

— « L'égoïsme familial [...] à peine un peu moins hideux que l'égoïsme individuel. » (André Gide, *les Faux-Monnayeurs*, 1926.) Imaginez sur ce thème un dialogue entre Gide et Mauriac.

— Comparez *le Nœud de vipères* (1932) et *le Mystère Frontenac*.

— « Peindre ce qui est, peindre la réalité humaine, crime ou vertu, et le faire vivre par la toute puissance de l'inspiration et de la forme, montrer la réalité vivifiée, voilà la mission des artistes. Les artistes sont, catholiquement, au-dessous des ascètes, mais ils ne sont pas des ascètes, ils sont des artistes. » Commentez cette profession de foi de Barbey d'Aurevilly (lettre à Trébutien du 7 juin 1850), en prenant vos exemples dans l'œuvre de François Mauriac.

— On étudiera le mystère Frontenac à la lumière de ce jugement de G. Picon : « Conflit profond entre la foi chrétienne, transmise, héritée, mais assumée avec une sincérité entière, et une non moins ardente sensualité qui trouve ses symboles dans l'éclatement du printemps et la fournaise de l'été, qui s'attache à toutes les formes du bonheur humain : la nature, la jeunesse du corps et du cœur, l'amour; conflit entre Cybèle et le Christ, entre le créateur et la créature, entre le péché et la pureté; conflit, aussi, qui sert d'orchestration et de cadre, entre la province routinière et l'adolescent prédestiné. Mauriac a aisément trouvé l'accès du grand public parce qu'il a exprimé cette violence dans la technique rassurante et éprouvée du récit classique : il est un romancier de la tradition française. Mais, ici, seule la technique est traditionnelle. »

TABLE DES MATIÈRES

Mame Imprimeurs - 37000 Tours.
Dépôt légal Septembre 1972. — N° 12751. — N° de série Éditeur 13714.
IMPRIMÉ EN FRANCE *(Printed in France)*. — 870 092 F Janvier 1987.

un dictionnaire de la langue française pour chaque niveau :

NOUVEAU DICTIONNAIRE DU FRANÇAIS CONTEMPORAIN ILLUSTRÉ

sous la direction de Jean Dubois

• 33 000 mots : enrichi et actualisé, tout le vocabulaire qui entre dans l'usage écrit et parlé de la langue courante et que les élèves doivent savoir utiliser à l'issue de la scolarité obligatoire.
• 1 062 illustrations : un apport descriptif complémentaire des définitions et qui permet l'introduction de termes plus spécialisés n'appartenant pas au vocabulaire courant ou ne nécessitant pas d'explication autre que celle de l'image.
• Un dictionnaire de phrases autant qu'un dictionnaire de mots, comme dans l'édition précédente, selon les mêmes principes de description du lexique et du fonctionnement de la langue.
• Le dictionnaire de la classe de français (90 tableaux de grammaire, 89 tableaux de conjugaison).

Un volume cartonné (14 × 19 cm), 1 296 pages.

LAROUSSE DE LA LANGUE FRANÇAISE lexis

sous la direction de Jean Dubois

Avec plus de 76 000 mots des vocabulaires courant, classique et littéraire, technique ou scientifique , c'est le plus riche des dictionnaires de la langue en un seul volume.
Par la diversité de ses informations sur les mots, par la construction raisonnée de ses articles et par son dictionnaire grammatical, c'est un instrument de pédagogie active : il s'adresse aussi à tous ceux qui veulent comprendre le fonctionnement de la langue et acquérir la maîtrise des moyens d'expression.

Nouvelle édition illustrée : un volume relié (15,5 × 23 cm), 2 126 pages dont 90 planches d'illustrations par thèmes.

GRAND LAROUSSE DE LA LANGUE FRANÇAISE

7 volumes sous la direction de L. Guilbert, R. Lagane et G. Niobey; avec le concours de H. Bonnard, L. Casati, J.-P. Colin et A. Lerond

Un dictionnaire unique parce qu'il réunit :
• la description la plus complète du vocabulaire général, scientifique et technique, classique et littéraire, avec prononciation, syntaxe et remarques grammaticales, étymologie et datations, définitions avec exemples et citations, synonymes, contraires, etc.;
• la documentation la plus riche sur la grammaire et la linguistique : près de 200 articles (à leur ordre alphabétique) donnant une analyse détaillée des diverses théories, passées ou actuelles, sur les principaux concepts grammaticaux et linguistiques;
• un traité de lexicologie exposant les principes de la formation des mots et la construction des unités lexicales.

7 volumes reliés (21 × 27 cm).